Seit vielen Jahren sammle ich Geschichten und Episoden aus dem Alltag meines Lebens und auch von anderen. Sie sind mal lustig, mal ernst – meistens doch lehrreich. Zunächst habe ich einige davon hier in meinem Blog veröffentlich: www.marie-peporte.com

Jetzt erscheinen sie für Sie in diesem Buch.

Das Leben schreibt die Geschichten.

Ich notiert sie nur.

Marie Péporté

Geschichten, die das Leben schreibt

Kurzgeschichten

www.tredition.de

Umschlaggestaltung, Foto:
Metrodorus; http://metrodorus.tumblr.com

Lektorat, Korrektorat: Dr. Wolf Barth

Verlag: tredition GmbH, Hamburg

ISBN: 978-3-8495-4383-9

Printed in Germany

Inhaltsverzeichnis

1. Hallo

ICH bin Marie Péporté,
geboren im ganz besonderen Jahr 1955 und
im (heute noch) einzigen Großherzogtum der
Welt – Luxemburg.

Was ich gern lese?
- Krimis
- Fantasy-Romane
- politisierende Romane
- historische Romane
- Biografien
- dicke Bücher (mindestens 5 cm dick!)
- alles, was gut geschrieben ist.

Was ich selbst gern schreibe?
- Liedertexte für Schlagersänger (wie Oliver Thomas oder Pascal Silva)
- Drehbücher für Fernseh-Krimis
- Kriminalromane
- Historische Romane
- Märchen und Geschichten (siehe: www.pepo.lu)
- Blog-Artikel (siehe: www.marie-peporte.com)

SIE sollten als Leser meiner Geschichten

- offen für Geschichten des Lebens,
- interessiert an unterhaltsamen Texten,
- genügend selbstironisch und mit Lebens-Humor ausgerüstet sein.

****

*„Wenn ich vor mir allein bin,
erzähle ich mir, was ich gesehen habe,
als wenn ich Dir's erzählen sollte,
und es berichtigt sich alles."*

Johann Wolfgang von Goethe
(1749-1832), dt. Dichter

2. Geschichten, die das Leben schreibt.

 Kennen Sie diese Tage, an denen man besser im Bett bleiben sollte? Diese Tage, an dem der Kaffee umfliegt, die Frisur nicht sitzt und überhaupt alles schief läuft?

Ich bin sicher, dass sie das kennen! Kennt wohl jeder. Und doch, sind genau das die Tage, an denen man am meisten Lachen kann, wenn man den richtigen Standpunkt einnimmt. Stellen Sie sich mal vor, jemand hat seine Kamera gezückt und filmt das Desaster. Wenn Sie so einen Film sehen, lachen sie aus vollem Herzen....wenn es Sie nicht selber betrifft! Warum also nicht über sich selber lachen? Ist gar nicht so schwer und erleichtert das Leben ungemein.

Ich habe eine Freundin, die das chaotischste Leben führt, das ich je beobachten konnte. Meine Freundin Pamela gibt es nicht wirklich. Hinter ihr verstecken sich liebe Menschen aus meinem Umfeld, ja und manchmal verstecke ich mich mit meinen Geschichten auch hinter ihr. Das erscheint mir auch ganz schön praktisch und ich trete niemandem zu nahe.

Sie übt meistens drei völlig verschiedene Berufe gleichzeitig aus, versucht seit Jahrzehnten sich selber zu überholen und lacht den Dauerstreß meistens weg. Ich betone „meistens". Manchmal gelingt es ihr nicht und dann heult sie Rotz und Blasen und stellt sich und die ganze Welt in Frage. Sie ist dann der einsamste Mensch der Welt und völlig fertig. Diese Anfälle dauern zirka eine halbe Stunde. Danach schnäuzt sie sich lautstark die Nase, kuckt mit roten Augen um sich und verlangt nach einer Pizza. Und schon lacht sie wieder. Über sich und über ihre Anfälle, wie sie das nennt.

Als ich solch einen Anfall das erste Mal miterlebt habe, blieb mir fast das Herz stehen. Nie hatte ich zuvor einen Menschen erlebt, der in Minuten so zusammenbrechen konnte. Im Geiste sah ich mich schon mit überhöhter Geschwindigkeit durch die Stadt jagen, um das nächstgelegene Krankenhaus rechtzeitig mit ihr zu erreichen. Tatsächlich saßen wir eine halbe Stunde später in einer gemütlichen Pizzeria und lachten Tränen.

Das war der Abend, als ich das System *„Ich lache über mich selbst"* begriff.

Man nehme diese Welt mit all seinen Wesen, stelle sich vor, man stehe auf einer Anhöhe und schaue dem munteren Treiben zu. Versuchen Sie es mal. Beobachten Sie die Menschen und Tiere, die Ihnen über den Weg laufen. Ich garantiere Ihnen, Sie kommen aus dem Schmunzeln und Lachen nicht mehr heraus.

Wenn Sie richtig gut drauf sind, dann wagen Sie es doch mal, sich selber einen Tag lang zu beobachten. Gute Laune garantiert!

Manche Menschen sagen mir, dass ihnen das Lachen schon lange vergangen ist. Dass sie schlicht nichts zu lachen haben. Das halte ich, verzeih`n Sie mir, für ein Gerücht.

Sicher gibt es traurige und erschreckende Momente im Leben von jedem. Da gibt es dann wirklich nichts zu lachen. Aber mal ganz ehrlich, ein Dauerzustand ist das doch zum Glück nicht.

Das Lachen muss zurück in die Welt! Um ein kleines Stück beizutragen schreibe ich meinen Blog www.marie-peporte.com und dieses Buch.

Ähnlichkeiten mit lebenden Personen sowie die beschriebenen Situationen sind nicht rein zufällig.

Ich wünsche ihnen viel Vergnügen.

Ihre Marie

3. Kindheit

Es war einmal vor vielen Jahren ...

Diese Rubrik gehört klar der Kindheit. Kinder verstehen die Welt völlig anders als wir Erwachsene. Schade eigentlich, dass uns das im Laufe der Jahre abhandenkommt.

Nun, mir erging es so wie wohl allen Kindern auf dieser Welt: Die Eltern und überhaupt alle Erwachsenen wussten und konnten alles!

So glaubte ich meinen Eltern natürlich blind, als sie mich mit den Worten in die Schule lockten: „Du willst doch lesen und schreiben lernen!"

Bei allen Göttern, das wollte ich! Unbedingt!

Erstens hatte ich ja einen älteren Bruder, der diese wunderbare Kunst schon beherrschte, und zweitens hörte ich immer wieder den Spruch „wenn du lesen kannst, darfst du das Märchen alleine zu Ende lesen".

Bücher waren offensichtlich von Geburt an meine Leidenschaft. Ich liebte und liebe immer noch Bücher über alles und so ging ich frohgemut zur Schule.

Zu meinem Verdruss lernte ich nicht nur Lesen und Schreiben, sondern musste mich, für mich völlig unverständlich, noch mit anderen Fächern abplagen.

Nachdem ich das Einmaleins intus hatte, hoffte ich, dass die Lehrerin zur Vernunft kommt und uns endlich schreiben und lesen läßt. Doch weit gefehlt. Jeden Tag fiel ihr etwas anderes ein, womit sie uns vom „Wesentlichen" fernhielt.

So richtig hatte ich das nicht verstanden. Konnten meine Eltern sich denn so sehr irren? Es war schließlich nie die Rede davon, dass ich Sachen lernen sollte, die ich gar nicht lernen wollte!

Nach jeden kleinen Schulferien schöpfte ich die Hoffnung, dass es besser würde, ... wurde es aber nicht.

Offensichtlich können auch Kinder durchaus geduldig sein. Ich jedenfalls ließ den Unterricht geduldig über mich ergehen. Schließlich war das Jahr irgendwann zu Ende.

Endlich war es soweit! Der letzte Schultag! Ich hatte das Jahr überstanden, konnte Lesen und Schreiben, verschlang schon Kinderbücher so schnell es eben ging und behaupte jetzt einmal, dass ich an diesem letzten Schultag der ersten Klasse ein sehr, sehr glückliches Kind war.

Strahlend verabschiedete ich mich von der Lehrerin und bedankte mich höflich für alles, was sie mir beigebracht hatte. So etwas war der Lehrerin auch noch nicht passiert.

Lächelnd sagte sie mir, dass ich im nächsten Jahr noch viel mehr lernen würde. Ich lächelte freundlich zurück und ging meiner Wege.

Na, wenn sie dachte, ich würde mir noch einmal ein Jahr um die Ohren schlagen, indem ich zur Schule ginge, hatte sie aber etwas nicht verstanden. Jetzt fing mein Leben an! Lesen, was und wann ich wollte, und schreiben...! Jawohl!!! Auch wenn ich keine Ahnung hatte, was ich eigentlich schreiben wollte (manche behaupten, das hätte sich nie geändert).

Sie können sich mein Entsetzen sicher vorstellen, als ich so nebenbei mitbekam, dass meine Eltern die Auffassung der Lehrerin hatten. Mit Händen und Füßen wehrte ich mich gegen die Idee, noch ein Jahr in die Schule zu gehen. Es nützte auch überhaupt nichts, dass ich mich doch schon von der Lehrerin verabschiedet hatte.

Als meinem Vater dieses Thema zum Halse heraushing und er mir erklärte, dass wir bis zum 16ten Lebensjahr Schulpflicht hätten, sah ich traurig meiner rabenschwarzen Zukunft entgegen. Ich musste also zur Schule gehen, bis ich alt war. Wie furchtbar!

Alle in der Familie, außer natürlich mir, ahnten von dem Tag an, dass die nächsten zehn Jahre für uns alle nicht leicht werden würden. Nun, so schlimm ist es dann doch nicht gekommen...."na ja", höre ich meine Mutter sagen.

****

„Die Schule ist mit Prüfungen und Noten zur Treibjagd verkommen."

Remo Largo (*1943),
Schweizer Fachbuchautor, Kinderarzt

Jeder fängt mal klein an

Sie, und ich also auch. Als hätte ich meinen späteren Beruf erahnt, bestand ich sehr früh darauf, „meine Geschichten" zu erzählen. Mein erstes Publikum waren die Kinder im Kindergarten.

Die Kindergärtnerin war ganz klar mein erster Fan. Wenn wir 30 Kinder nicht mehr zu bändigen waren, hat sie mich auf einen Stuhl gestellt und kündigte an, dass ich nun eine Geschichte erzählen würde, die ich dann aus dem Nichts erfand. Es trat tatsächlich sofort Ruhe ein. Ich war quasi die „Geheimwaffe" des Kindergartens.

Natürlich vermischten sich Rotkäppchen, die Sieben Zwerge, Rapunzel und andere bekannte Märchengestalten in meinen Geschichten. Über Hölzchen zum Stöckchen kam ich, und natürlich war der Wolf ein ganz Lieber, der die Zicklein rettete und sie nicht etwa als Vorspeise auf dem Plan hatte. Auch Rotkäppchen´s

Großmutter kam ungeschoren davon. Da war der Wolf Trauzeuge, als die Oma und der nette Förster heirateten.

Selbstverständlich hat sich die Königin liebevoll um Dornröschen gekümmert, war sie doch die Einzige, die nicht in den Schlaf fiel.

So und ähnlich waren damals meine „legendären" Geschichten.

Alle fanden das gut, nur mein älterer, korrekter Bruder fand, dass ich noch nicht mal richtige Märchen erzählen könne. Er war mein erster Kritiker.

Eigentlich hatte ich damals schon alles, was man zu einer großartigen Karriere braucht:

Mein Stammpublikum, familiären Rückhalt, einen Fan und einen Kritiker!

Leider hat damals kein Mensch daran gedacht, die Geschichten aufzuschreiben und so blieb mir früher Ruhm erspart.

****

"Wenn du intelligente Kinder willst, lies ihnen Märchen vor.
Wenn du noch intelligentere Kinder willst, lies ihnen noch mehr Märchen vor."

Albert Einstein (1879-1955),
in Dt. geborerener Physiker, Nobelpreis für Physik (1921)

Held und Schutzengel

Es war an einem wunderschönen Sommertag.
Der Himmel war blitzeblau, kein Wölkchen war
zu sehen. Die Sonne schien angenehm warm
über dem Dorf, wo die Kleine lebte.
Sie hatte zu Ostern ein Fahrrad geschenkt
bekommen. Es war rosa und an den Seiten
der Reifen waren weiße Streifen. Die Kleine
war sehr stolz auf ihr Fahrrad. Zwar radelte sie
noch mit den Stützrädern, was ihr ein bisschen
gegen den Strich ging. Aber so zappelig, wie
sie nun mal war, schien dies den Eltern siche-
rer.
An diesem herrlichen Sommertag fuhr die
Kleine mit ihren Spielkameraden immer artig
um den Block. Sie waren eben noch in einem
Alter, wo das nicht langweilig wurde, wo die
Fantasie sie durch fremde Welten radeln ließ.
Das ausgelassene Zwitschern und Gackern

der hellen Stimmen, ließ die Mütter in Ruhe ihren Haushalt führen.

Jäh würde diese Sommeridylle durch einen Entsetzensschrei gestört. Die Kleine hatte die Kurve an der großen Wiese zu schnell genommen, oder hatte wieder einmal nach hinten, statt nach vorne geschaut. Das ließ sich nicht mehr klären und eigentlich war das jetzt auch egal. Jedenfalls war sie samt Fahrrad den Hang zur Wiese heruntergekullert und lag nun erstarrt inmitten von haushohen Brennnesseln. Die Brennnesseln hatten natürlich eine ganz normale Größe, aber für die Kleine waren sie in diesem Moment haushoch. Sie schrie wie am Spieß, bewegte sich ansonsten aber keinen Millimeter.

Beim ersten Schrei hatte ihr Vater alles stehen und liegen lassen. Wenn seine Kleine diese "Sirene" anschmiss, war wirklich etwas passiert. Erleichtert sah er, dass nichts wirklich Schlimmes geschehen war und machte sich, über die Wiese, auf zur Rettungsaktion.

Die Kleine sah ihren Vater zügig, aber locker über die Wiese kommen. Aber, dachte sie, wie sollte er mich hier herausholen, hier konnte doch keiner sie erreichen. Doch dann sah sie, wie ihr Vater einfach weiter durch die Brennnesseln watete. Ohne Zögern, mit sicherem Schritt.

„Bin schon da!" rief er fröhlich.

Die Kleine war so tief beeindruckt, dass sie die Sirene schlagartig abgestellt hatte und ungläubig zusah, was geschah. Ihr Vater marschierte einfach so in die Brennnesseln hinein, in Sandalen und Shorts!! Zuerst hat ihr Vater sie aus den Brennnesseln gefischt, sie oben bei ihren Freunden abgesetzt, war dann wieder runter gelaufen, um auch ihr Fahrrad zu retten.

„Aber Papa", piepste sie, „das brennt doch".

Der Vater lachte herzhaft, stellte das Fahrrad vor ihr ab und sagte: „Jetzt bekommen wir beide kein Rheuma." Dann wuschelte er über ihren Blondschopf und ging pfeifend davon.

Alle Kinder starrten ihm mit großer Bewunderung nach. „Ein Schutzengel", stellte einer fest. „Ein Held!", hauchte die Kleine, die das Brennen auf ihrer geröteten Haut gar nicht mehr spürte.

Und das blieb ihr Vater ab diesem Tag für den Rest ihres Lebens: Ein Held! Und Rheuma haben beide tatsächlich nie bekommen!

****

***„Ein Vater gibt keinen Rat,
er gibt das Vorbild."***

unbekannt

4. Meine Freundin Pamela

Pamela plant!

Pamela hat steht`s feste Vorstellungen, wenn es um freie Tage, Feste oder Urlaub geht.
Da kennt sie keine Verwandten, wie der Berliner sagt, da zieht sie ihre Pläne rigoros durch.

So auch für den ersten Sonntag im Mai, an dem Pamela so richtig viel unternehmen wollte, da das Wetter schon recht sommerlich war. Es sollte ein ganz besonders schöner Tag werden!

Sie plante! Vom Aufstehen bis hin zur gemütlichen Grillparty am Abend. Sie dachte wirklich an alles. Mit ihrem Mann würde sie Samstag-Vormittag zum Einkaufen fahren, ihn anschließend zum zweiten Frühstück einladen, auf neudeutsch zum Brunch, und anschließend würde sie zum Friseur gehen.

Sonntag hatte sie vor, früh aufzustehen und ein gemütliches Frühstück auf der Sonnenterrasse zu decken. Damit wollte sie ihren Mann überraschen.

Anschließend sollte dann ein angenehmer Spaziergang am Wannsee, mit anschließendem Mittagessen beim Seehasen am Löwen folgen. Auch den Nachmittag hatte sie genau geplant. Sie würden die Soßen, Salate ect. für den schon erwähnten Grillabend zubereiten, während ihr Mann die Gartenmöbel und den Grill auf Vordermann bringen sollte.

Pam sah alles genau vor sich und freute sich unbändig darauf.

Bereits ab Montag jagte sie jedem Wetterbericht hinterher. Wenn das Wetter kippte, war es vorbei mit Seehassen und Grillparty. Aber, das schöne Wetter blieb.

Am Donnerstagabend fasste Pam endlich Vertrauen zum Wetter und zu ihrem Plan.

Gutgelaunt fing sie an, die Freunde anzurufen, um sie für Sonntag einzuladen. Das war aber ein bisschen spät. Bei dem tollen Wetter hatten wir wirklich alle etwas geplant. Wenn Pam nur zwei Tage vorher…

Als ihr Mann an diesem Abend nach Hause kam, fand er eine bedröppelte Pam mit Handy in der Hand vor.

Es hat keiner Zeit für mich! Die haben alle was vor am Wochenende! japste sie.

Die Grillparty können wir vergessen.

Welche Grillparty? Fragte er interessiert.

Na unsere, am Sonntagabend! Ich…ich habe es dir doch gesagt?

Stille trat ein. Lange unheimliche Stille. Man konnte ihm deutlich ansehen, dass er nach sehr diplomatischen Worten suchte. Schließlich atmete Pam´s Ehemann laut durch und sagte: Das ist doch vielleicht sogar gut, Deine Grillparty zu verschieben. Dann könnte ich auch dabei sein und dir sogar helfen.

Pamela brauchte eine Weile, um den Sinn seiner Worte zu verstehen. Langsam stieg eine Erinnerung in ihr hoch. Das Zauberwort hieß : Geschäftsreise.

Und die Moral von der Geschicht`?

Pam redet im Vorfeld über ihre Ideen und Pläne mit ihrem Mann, und wenn es uns betrifft, auch mit ihren Freunden.

****

„Man muss sich ein bestimmtes Quantum Zeit gönnen,
wo man nichts tut,
damit einem etwas einfällt."

Mortimer J. Adler (1902-2001),
US-amerikanischer Philosoph und
Schriftsteller

Pamela liest Feng Shui!

Meine Freundin Pamela hat neulich ihre Mutter zum Zahnarzt begleitet. Ihre Wartezeit hat sie, wie man es auch selber kennt, mit Lesen von Zeitschriften verbracht.

Ihr fiel ein Artikel über Feng Shui in die Hände. Völlig fasziniert vergaß sie Zeit und Raum. Pamela hatte das Gefühl, die Lösung all ihrer momentanen Probleme und Problemchen in ihren Händen zu halten.

Sie konnte es kaum erwarten, nach Hause zu kommen und das eben erworbene (besser: wiedergefundene) Wissen in die Umsetzung zu bringen.

Es war nicht so, daß Pamela noch nie von Feng Shui gehört hätte. Nein, vor vielen Jahren hatte sie sogar einen Feng Shui-Kursus absolviert. Das Wissen war ihr in ihrem hektischen Leben nur abhandengekommen.

Mit dem "Kronleuchter", der soeben in ihr neu erstrahlte, erhellte sich für jeden der vier Mitbewohnern ein Plan, der auf der einstündigen Heimfahrt immer mehr Konturen annahm.

So erstürmte sie wohlgelaunt ihr Zuhause, und bevor noch irgendjemand ein nettes Begrüßungswort unterbringen konnte, sprudelte es aus ihr heraus. Jetzt galt es für Pam, diesen Plan ruckzuck umzusetzen, damit die Energien im Hause endlich wieder in die richtigen Bahnen kämen!

Pam war von sich und ihren Ideen so überzeugt und begeistert, dass sie nicht merkte, dass ihre Mitbewohner nicht in die gleiche Euphorie verfielen.

Nach ihrem Plan hätten der eigene Ehemann und der gerade abwesende Sohn, sofort in die Garage zwecks Entrümpelung abrücken sollen.

Ersterer war nicht zu begeistern und, wie gesagt, der zweite gar nicht vor Ort. Aber wegen solcher Kleinigkeiten ließ Pam sich nicht ausbremsen.

Dann würde man eben an anderer Stelle anfangen.... zum Beispiel mit dem großen Bücherregal, das in Pamela's Augen völlig unaufgeräumt war.

Pam wollte sich eben nur rasch umziehen und dann sollte es losgehen!

In Jeans und Shirt, für jegliche Arbeit gerüstet, kam Pam nach sehr kurzer Zeit in's Wohnzimmer zurück und .... stand *alleine* da.

Flugs war ihre Abwesenheit von den anderen zur Flucht genutzt worden. Ihren Mann fand sie mit ernstem Gesicht, und scheinbar völlig dieser Welt entrückt, in seinem Büro vor dem PC und Meli, die Freundin der Familie, die seit geraumer Zeit auch im Hause lebte, war samt Hund von der Bildfläche verschwunden.

„Dann mache ich es eben alleine!", donnerte Pam`s Stimme durch´s Haus, was aber niemanden dazu bewog, auf der Bildfläche zu erscheinen.

Beleidigt zog Pamela in die Garage, drehte sich zweimal um die eigene Achse, stellte das beleidigt sein ein, und ging wieder in´s Wohnzimmer zurück.

Feng Shui hin oder her....alleine macht es einfach keinen Spaß!

****

"In einem aufgeräumten Zimmer ist auch die Seele aufgeräumt."

Ernst von Feuchtersleben (1806-1849), österr. Philosoph, Arzt, Lyriker, Essayist

„Die Stille ist so laut!"

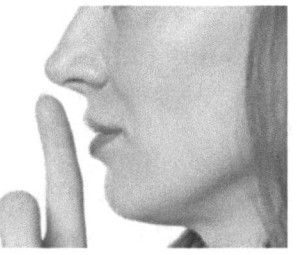

Meine Freundin Pamela hatte es irgendwann satt, weiter in Berlin zu leben, das durch die Wende so groß geworden ist.

Sie wollte auf's Land. Ruhe und Natur pur, wollte sie haben, und endlich durchatmen können. Als wäre das in Berlin nicht gegeben! Aber, wenn Pam sich etwas in den Kopf gesetzt hat, gab es noch nie ein Halten.

Die Suche nach einem geeigneten Lebensraum war schnell beendet, und das dazu passende Haus gefunden.

Binnen vierzehn Tagen war alles über die Bühne gegangen. Pamela wohnte jetzt auf dem Lande. So schnell kann es gehen!

Die erste Zeit war alles prima. Es gab viel Neues zu entdecken, viel Natur, die Nachbarn und die Tiere im Dorf. In den Nächten wurde Pam regelmäßig wach. Sie erklärte das mit einem faszinierenden Satz: *„Die Stille ist so laut!"* Darauf muss man erst mal kommen.

Nachdem sie sich an die laute Stille gewöhnt hatte und durchschlafen konnte, war alles erledigt, was neu und gewöhnungsbedürftig war.

Genau dann musste Pam für ein paar Tage nach Berlin fahren, denn ihre ehemalige Woh-

27

nung musste übergeben werden. Bis auf eine Matratze zum Schlafen, zwei Tassen, einen Wasserkocher, Kaffee und Zucker, einen Löffel und ein paar Reinigungsutensilien, denn geputzt werden musste auch noch ein bisschen, war die Wohnung leer. Jeder Schritt hallte durch die gut 90 qm Wohnung.

In dieser „hallenden" Wohnung, auf schon erwähnter Matratze, gedachte Pam zwei Nächte zu verbringen. Ich betone, sie gedachte.

An dieser Stelle sollte ich dem geneigten Leser, zum besseren Verständnis, noch schnell die Lage der Wohnung erklären. Das Haus, in dem sich Pam´s ehemalige Wohnung befand, liegt genau an einer Kreuzung. Vorne die Hauptstraße mit Tankstelle und Straßenbahnhaltestelle und die Seitenstraße hatte noch das berühmte Berliner Kopfsteinpflaster. Gleich um die erste Ecke befand, und befindet sich sicher immer noch, eine Polizeiwache.

Müde vom Stadtleben, vom Besuch der Freundinnen mit vielem Erzählen, legte sich Pam zur Nachtruhe auf die Matratze.

Kaum hatte sie das Licht gelöscht und sich in die Decke eingekuschelt, als sie entsetzt aufsprang. Was war das? Ein Quietschen und Rasseln hallte durch die Wohnung. Mit klopfendem Herzen lief sie auf den Balkon. Da sah und hörte sie eben noch, wie die Straßenbahn anfuhr und schaukelnd verschwand. Kopfschütteln ging sie wieder in´s Bett.

Kaum, daß sie eingeschlafen war, wurde sie vom lauten Türenknallen eines Auto´s und Gelächter geweckt. Nachbarn waren nach Hause gekommen…oder so was. Seufzend versuchte Pam wieder einzuschlafen, doch dann kam das high light der Nacht! Die Polizei hatte einen Einsatz. Mit Sirenen und Blaulicht jagten sie über das Kopfsteinpflaster zu ihrem Einsatzort. Pam stand senkrecht neben der Matratze, sie wusste gar nicht, dass sie so sportlich war. Nach dem Pam´s Herz sich wieder auf Normalfunktion umgestellt hatte, erklärte sie die Nacht offiziell für beendet. Das war so gegen halb drei.

Sie machte Licht an, stellte den Wasserkocher für den ersten Kaffee des Tages an und ging duschen.

Wie halten Menschen diesen Tag-und-Nacht-Großstadtkrach eigentlich aus?

Mich dürfen sie nicht fragen, ich schlafe in Berlin wie ein Murmeltier!

****

"Das Gute macht wenig Lärm.
Der Lärm macht wenig Gutes."

Franz von Sales (1567-1622),
franz. Theologe, Ordensgründer der Salesianer, Bischof von Genf, Heiliger

Ich will eine Pizza!

Pamela bekam ihren ersten Koller (das ist das, was Pam „Anfall" nennt) auf dem Lande für alle völlig überraschend.

Unbändige Lust auf eine Pizza ergriff sie so gegen 22:00 Uhr – wie immer um diese Uhrzeit bei ihr.

Mit ihrem Mann zusammen studierten sie das für sie neue Telefonbuch, ohne Erfolg.

Nach längerem überlegen fiel ihnen ein, dass sie zwei Dörfer weiter, also ca. 20 km entfernt, an einer "Pizzeria" vorbeigekommen waren. Pam jammerte und lamentierte. Sie wollte nicht noch einmal aus dem Haus. Es war kalt, es war dunkel, Schnee lag in der Luft und im Haus war es so schön kuschelig. Sie wollte einen Pizzaservice. Aber auch der Anruf bei der Telefonauskunft brachte sie nicht weiter.

So fuhren sie schließlich doch los. Aber, die "Pizzeria" gab es nicht mehr, nur das Schild hing noch sinnlos vor sich hin. Nun flossen die ersten zaghaften Tränchen bei Pam.

Auf dem Rückweg nach Hause, konnte Pam´s Mann sie dazu überreden, das nächste Restaurant auf dem Weg aufzusuchen. Sicher würde sie etwas Leckeres auf der Speisekarte finden. Pamela schöpfte neue Hoffnung auf einen guten Ausgang. Doch, die drei Restaurants, die sie finden konnten, hatten bereits Feierabend. Nach 22:00 Uhr war da nichts mehr zu machen.

„Wir sind hier eben nicht in Berlin", versuchte Pam sich selber zu trösten. Es gelang ihr nicht.

Kaum waren sie wieder zu Hause angekommen, gingen Pam die Nerven durch. Heulend, wie ein Jagdhund, sank sie im Flur auf die Knie und lamentierte: „Wer kam auf diese beknackte Idee, in die Walachei zu ziehen. Nicht mal was zu essen gibt es hier. **Ich will Pizza!!!!"**

Pam war untröstlich. In diesen Fällen, das muss man wissen, sollte man unbedingt den Rückzug antreten, Pam in ihrem Elend versinken lassen, denn nach kurzer Zeit wird ihr das heulende Elend langweilig und sie sucht nach Lösungen. Nun, hier gab es erst mal keine.

Also schickte Pam einen Wunsch an´s Universum: „Bitte lass in unserer Nähe eine Pizzeria wachsen". Pam´s Wünsche hörten sich schon immer seltsam an, aber ich habe es selber erlebt, dass sie oft Gehör fand und ihre Wünsche sich erfüllten.

Deshalb wunderte ich mich auch nicht darüber, was mir Pam einige Wochen später erzählte. Wie ein Lauffeuer war die Nachricht durch das Dorf gefegt. In einer Scheune im

Nachbardorf hatte ein Franzose ein Restaurant eröffnet und…er hatte seinen Pizzaofen mitgebracht!

Pam fand und findet es immer noch, daß Jean-Luc die besten Pizzen der Welt machte.

Weder Pam noch Jean–Luc leben heute noch in diesem Dorf, aber das ist ja eine andere Geschichte!

****

„Ich hab ein Verhältnis mit meiner Pizza. Das ist mein 'Lass keine Kalorienbombe aus-Experiment."

Eat Pray Love, von Liz (Filmzitat)

Überraschende Meisterprüfung

Meine Freundin Pamela erzählte mir dieser Tage eine wunderschöne, wahre Begebenheit, die aus einem Film stammen könnte.

Eine liebe Freundin von ihr, hatte es in der Kindheit nicht leicht und kämpfte ihr Leben lang gegen eine dominante Mutter und einen leicht überheblichen kleinen Bruder an. Da für die Mutter nur der Sohn zählte, war für ihn immer klar, dass seine Schwester etwas beschränkt war. Das ist natürlich nicht so, aber selbst nachdem die Mutter verstorben war, kam Pam´s Freundin, nennen wir sie einfach mal Anna, nicht gegen ihren Bruder an.

Da das Leben an sich ja humorig ist, kam es dazu, dass die Geschwister in der gleichen Schule unterrichten. Der Bruder ist, wie könnte es auch anders sein, der Direktor dieser Schule und quasi der Chef von Anna.

Dann kam der Tag, an dem Anna ihre Klasse durch eine wichtige Prüfung bringen musste. Das Ganze spielte sich vor einer Jury ab und in dieser Jury saß nicht nur der Bruder, sondern auch der gefürchtetste Prüfer des Landes. Prinzipiell machte er die Lehrer zur

Schnecke, fand immer etwas zu kritisieren und tat das auch lautstark. Anna hat sich ein Jahr lang vor diesem Termin gefürchtet. Schon Monate vor der Prüfung konnte sie vor Aufregung nicht mehr essen und trimmte ihre Klasse, so liebevoll wie möglich auf diesen Tag hin.

Als der große Tag endlich da war, war Anna auf den Punkt vorbereitet. Sorgfältig hatte sie ihre Garderobe ausgewählt, war beim Friseur und freute sich über ihre schlanke Figur, die durch diese Aufregung als schöner Nebeneffekt herausgekommen war. So gewappnet trat sie also vor die Jury um ihre Schelte abzuholen. Alle Lehrkräfte, die vor ihr dran waren, waren, wie erwartet zusammengestaucht worden. Anna war nun auf alles gefasst...nur nicht auf das, was dann passierte.

Der Prüfer sah sie an und fing damit an, dass er die gute Vorbereitung der Schüler lobte. Alle hatten mit sehr guten Noten bestanden. Er bezeichnete sie als tolle Lehrerin und ermunterte sie, so weiter zu machen.

Annas Blick fiel auf ihren Bruder. Er saß da, starrte sie an und es hätte nur noch gefehlt, dass ihm der Mund offen gestanden hätte.

Noch nie wurde eine Lehrkraft von diesem Prüfer gelobt. Und sie, Anna, bekam quasi einen verbalen Orden verliehen und das im Beisein ihres Bruders. Es war, als hätte sich der Himmel geöffnet.

Wie auf Wolken schwebend, hatte Anna den Raum verlassen und als sie die Tür des Prüfungsraumes von außen zumachte, war sie neu geboren. Ihr Bruder geht seit diesem Tag absolut respektvoll mit ihr um. Obwohl Anna das jetzt nicht mehr so wichtig ist.
Dass ein Augenblick ein Leben verändern kann wissen wir ja. Wie schön, wenn es ein so überaus positiver Augenblick ist.

****

"Prüfungen sind deshalb so scheußlich, weil der größte Trottel mehr fragen kann, als der klügste Mensch zu beantworten vermag."

Charles Caleb Colton (1780 - 1832), englischer Aphoristiker und Essayist

Wer nicht mit der Zeit geht ...

 Meine Freundin Pamela hatte einen wichtigen Geschäftstermin und hat sich sehr sorgfältig auf diesen vorbereitet. Sonst hat Pam es ja nicht so mit den Vorbereitungen, aber das war diesmal anders.

Nicht nur, dass sie ihre Garderobe bereits Tage vorher sehr sorgfältig auswählte und sogar daran dachte, eine Ersatzbluse im Auto zu deponieren. Nein, sie kaufte sich sogar eine funkelnagelneue Office Bag, wie das neudeutsch heißt. Alles sollte stimmen und zueinander passen.

Für Pam stand es außer Frage, dass sie diesen Auftrag bekommen würde. Es war ihr Fachgebiet, sie war gut vorbereitet und sah dem Termin streßfrei, aber dafür freudig entgegen.

Die Besprechung lief richtig gut für Pam. Genauso hatte sie sich das vorgestellt. Sie konnte jede Frage souverän beantworten. Ihre Vorstellungen und Vorschläge waren durchdacht und kamen bei den Auftraggebern gut an. Man war sich schnell einig und schon wurden die ersten Aufgaben an die jeweiligen Mitarbeiter verteilt, damit man nach erhaltener Zuarbeit mit Pam weiter verhandeln konnte. Eigentlich hatte sie den Auftrag jetzt schon in der Tasche.

Jetzt ging es darum, einen neuen Termin zu finden. Pam tauchte in ihre Office Bag ab, um ihren Terminkalender zu suchen. Interessiert und mit einem Lächeln in den Mundwinkeln sahen die ausschließlich männlichen Anwesenden Pam's Treiben zu. Genau dieses Lächeln erlosch an der Stelle, an der Pam ihren Terminkalender herauszog. Ein ganz normaler Terminkalender, von ihrer Hausbank, was durch den eingestanzten Namenszug und das Logo nicht zu übersehen war.

Pam merkte, dass sich die Stimmung im Raum verkrampft hatte. Sie hielt in der Bewegung inne und schaute sich um. Totenstille war eingetreten und alle Augen waren auf Pam gerichtet, die nicht verstand, was geschehen war. Dann sah sie es. Jeder, aber auch jeder der Herren hatte sein iPhone gezückt, um die Termine durchzugehen. Und da saß Pam... mit einer sauteuren Office Bag, perfekt gestillt mit einem geschenkten Terminkalender....

Schnell waren Ausflüchte gefunden, warum man nicht gleich den neuen Termin festlegen konnte. Man würde dieser Tage telefonieren. Und eilig, so dass es gerade noch höflich war, wurde Pam verabschiedet, bevor sie wusste, wie ihr geschah.

Pamela hat den Auftrag nicht bekommen und hat nie wieder etwas von dieser Firma gehört. Jemandem, der noch nicht einmal ein eigenes iPhone besaß, konnte diese Firma offensichtlich nicht vertrauen.

Als Pam mir die Geschichte erzählte, konnte sie bereits mit mir zusammen darüber lachen.

„Ja, ja" sagte sie, „da ist schon was dran, an dem was ein kluger Mensch mal sagte: Wer nicht mit der Zeit geht, geht mit der Zeit"!

Zwinkernd und mit nicht übersehbarer Geste beförderte sie ein funkelnagelneues iPhone aus der nicht mehr ganz so neuen Office Bag.

Aber ihre Termine hält Pam immer noch in dem guten, altmodischen Terminkalender fest... muss ja keiner wissen.

****

„Die Zeit verweilt lange genug für denjenigen, der sie nutzen will."

Leonardo da Vinci (1452-1519), ital. Maler, Bildhauer, Architekt, Anatom, Mechaniker, Ingenieur, Naturphilosoph - berühmtester Universalgelehrter aller Zeiten.

Vater geht zum HNO

 Der Vater meiner Freundin Pamela war eine Marke für sich. Durch sein Engagement im Sport, sei es als Masseur oder in späteren Jahren als Kassierer des Sportvereins, hatte er immer mit jungen Leuten zu tun. So war er im Kopf und auch im Herzen jung geblieben. Pam und ich haben ihm schon gerne im unserem Kindergartenalter kleine Streiche gespielt, und er hat sie humorvoll weggesteckt. „Wer austeilen will, muss auch einstecken können", hat er oft zu uns gesagt und aus heutiger Sicht weiß ich, wie klug dieser Spruch ist. Als Teenies fiel uns auf, dass Pam´s Vater nicht immer gut hörte, bzw. wir wussten nie so genau, ob es so war, oder ob er nur so tat. Denn regelmäßig bekam er genau das mit, was er eben nicht hören sollte.

Inzwischen gehören Pam und ich nicht mehr der Zielgruppe verschiedener privater Fernsehsender an, aber manches ändert sich nie, zum Beispiel Pam´s Vater. So dachten wir jedenfalls, denn er weigerte sich seit Jahren, älter zu werden. Aber das Gehör ließ ihn immer mehr im Stich, was er natürlich nicht zugeben wollte. Es waren immer die Anderen. Sie nuschelten oder redeten extra leise, um ihn zu ärgern, aber an ihm lag es nicht. Basta! Zur allgemeinen Verwunderung hatte er eines Tages, völlig überraschend eingesehen, dass er wohl doch nicht ganz so gut hörte, wie es sein sollte, und hat sich einen Termin bei einem Hals-Nasen-Ohrenarzt geben lassen. Der große Tag war gekommen und vorsichtshalber hatte Pam´s Mutter Pam zum Mittagessen bestellt. Es war nämlich schon immer so, dass Pam mit ihrem Vater über alles reden konnte, sogar über ihn selbst.

Gespannt warteten Mutter und Tochter auf die Rückkehr von Mann und Vater.

Kaum hatte er die Wohnungstür aufgeschlossen und Frau und Tochter entdeckt, da polterte er auch schon los.

„So was Unverschämtes ist mir ja noch nie passiert! Was erlauben diese Lümmel sich! Und dann nennen sie sich Ärzte!"

Perplex sahen Pam und ihre Mutter sich an. Das hatten sie nicht erwartet.

Pam versuchte es vorsichtig:

„Was war denn?"

„Frech ist er geworden. Ich wollte doch nur wissen, was der Hörtest ergeben hat! Ja, wo sind wir denn!"

„Das hab ich ja verstanden. Sag doch, was genau hat er gesagt"?

„Dass ich *senil* bin"!!!! war die lautstarke Antwort

Pam war eine Sekunde lang sprachlos, dann wusste sie nicht mehr, wie sie sich das Lachen verkneifen sollte. Ihre Mutter murmelte etwas von Herd und Essen und verschwand bebend vor unterdrücktem Lachen in die Küche.

Pam brauchte noch ein paar Anläufe, um ihrem Vater die Geschichte zu entlocken. Dann dämmerte es ihr.

„Hat er vielleicht gesagt Du hättest eine senile Schwerhörigkeit?" fragte sie.

„Ja! Das sag ich doch die ganze Zeit! Er hat gesagt ich sei senil!"

****

"Guten Tag, Herr Doktor. Ich habe Kopfschmerzen, Bauchschmerzen, meiner Glieder tun mir weh, ich habe Husten, bin verschnupft und mein Hals tut es auch nicht so richtig. Können Sie mir sagen, was mir fehlt?"

"Nein, Sie haben schon alles."

Wie Milch und Schokolade

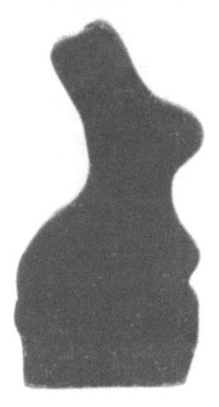

Meine Freundin Pam erzählte mir neulich folgende, wirklich niedliche Geschichte von ihrem Sohn.

Tim war vier Jahre alt und kam in den Kindergarten. Mit großer Leidenschaft und Freude ging er jeden Tag dorthin. Sogar die Ferienzeit konnte für Tim nicht schnell genug vorbei sein. War er doch ein Einzelkind mit einem angeborenen, großen sozial tickendem Herzen. Für ihn war nichts schöner, als mit den anderen Kindern zusammen zu sein.

Das wusste natürlich auch die Kindergärtnerin und als eines Tages ein neues Kindergartenkind in die Gruppe kam, war für die Erzieherin klar, dass sie dieses Kind neben Tim setzen würde.

Als die kleine Mia unsicher an der Hand ihrer Mutter in den Raum kam, trat Stille ein.

Fast war es eine unheimliche Situation, denn absolute Stille in einer Kindergartengruppe, die länger als fünf Sekunden dauert, ist unwirklich.

Mia hatte schwarze Löckchen, große dunkelbraune Augen, die sich ängstlich umsahen und war von dunkler Hautfarbe.

Die Erzieherin verabschiedete gerade die Mutter, während der kleine Tim die Zeit nutzte und sich zu Mia gesellte. Auch er hatte große Kulleraugen, allerdings in hellblau und diese sahen Mia neugierig an. Vorsichtig nahm Tim Mia an der Hand und ging mit ihr zu seinem Platz, wo er das Mädchen neben sich platzierte.

Mia konnte die Augen gar nicht mehr von Tim lassen. Für sie war es Tim, der irgendwie anders aussah. Er hatte sehr hellblonde Haare und eine sehr helle Haut.

Während die Erzieherin wieder mit ihrem Programm weiter machte, beruhigte sich die Gruppe nach und nach. Aus den Augenwinkeln konnte sie beobachten, wie Tim mit einem Finger vorsichtig auf die Hand von Mia tippte und dann heimlich nachschaute, ob etwas an seinem Finger zu sehen war. Nach einer Weile traute er sich mehr zu und er rieb über Mias Handrücken... wieder war nichts an seinen Fingern zu sehen. Jetzt versuchte er es mit seinem angefeuchteten Zeigefinger, rubbelte ein paarmal kräftig über Mia´s Handrücken... aber ohne sichtbaren Erfolg. Als er dann ein paar Minuten später Mia´s Hand ergriff und mit der Zunge darüber schleckte, griff die Erzieherin ein.

„Tim, was machst Du da? Du kannst doch nicht einfach Mia´s Hand abschlecken!"
„Aber... aber... ich wollte doch nur wissen, ob sie nach Schokolade schmeckt!"
Dann hielt er ihr seine Hand hin und sagte strahlend: „Kuck, sie färbt nicht!"
Mia strahlte mit und es war klar, dass die Beiden sich gefunden hatten.
Eine Zeit lang sah man die beiden immer zusammen. „Wie Milch und Schokolade", so hatte Mia´s Mutter lächelnd gesagt. Dann aber hat Tim eines Tages mit Mia „Schluß" gemacht. „Warum?" wollte Pam wissen. „Sie will mich dauernd küssen!", sagte Tim.

****

"Schokolade ist Liebe,
die man sich selbst schenkt."

Sonja Blumenthal,
deutsche Gesundheits-und
Ernährungsberaterin

Die Ohrfeige als Lebenslektion

 Meine Freundin Pamela wuchs in einem kleinen Ort, besser gesagt: in einem großen Dorf auf. Wie es so in Dörfern üblich ist, kennt jeder jeden, was bekanntlich Vor- und Nachteile hat. Aber darum geht es in dieser Geschichte nicht!

Pam war als Kind recht schüchtern. Es wäre ja schon arg genug gewesen, dass sie rote Haare und Sommersprossen hatte, aber Pam war dazu noch Linkshänder, was damals richtig verpönt war. Die Dorfkinder gingen nicht gerade zimperlich mit ihr um. Umso mehr freute sie sich, als sie in den Sommerferien in die Dorfgruppe aufgenommen wurde. Jetzt war nicht mehr sie das Kind, das gejagt und gehänselt wurde. Jetzt war es ein kleiner, blasser Junge, der keiner Menschenseele je etwas getan hätte. Ganz offensichtlich war er noch schüchterner als Pam, was diese kaum für möglich hielt. Denn es kostete sie jeden Tag aufs Neue große Überwindung, zu den anderen Kindern hin zu laufen. War sie erst mal da, war alles gut.

Eines Tages hatten sie den Jungen in die Enge getrieben. Stumm und mit großen Augen stand er ergeben an eine Litfaßsäule geklemmt, und man konnte ihm ansehen, dass er große Angst hatte. Pam tat dieser Junge sehr leid. Sie wusste aus Erfahrung, wie er sich fühlte. Am liebsten hätte sie ihm geholfen, aber sie gehörte doch jetzt endlich „dazu". Nachdem die anderen Kinder den Jungen ein bisschen hin und her geschubst hatten, sagte die Anführerin zu Pam: „Knall ihm eine!". Pam sah sie erschrocken an. „Na los, hau ihm eine runter!", kommandierte die Anführerin weiter. Pam sah sich hilfesuchend um. Alle Kinder sahen sie grinsend an. Pam atmete durch und gab den Jungen eine Ohrfeige. Johlend liefen die Kinder davon... auch der Junge...nur Pam nicht. Sie fühlte sich schlecht, schämte sich furchtbar, ja, sie wusste gar nicht, wohin mit ihren schlechten Gefühlen. Ihr Magen hatte sich zusammen gezogen und pochte schmerzhaft.

Pam hatte nur einen Gedanken: Sie musste sich bei dem Jungen entschuldigen. Aber was sie auch versuchte, er lief vor ihr weg. Pam ist sogar zu dem Jungen nach Hause gegangen und hatte der Mutter des Jungen erzählt, dass sie sich entschuldigen wolle. Diese winkte nur ab und sagte: „Ach lass nur, ist nicht schlimm, der ist daran gewöhnt." Diese Reaktion konnte Pam noch weniger verstehen. Traurig gab sie ihre Versuche auf, den Jungen zu erwischen, denn sie konnte gut nachfühlen, dass er nichts Gutes von ihr erwartete. Aber Pam hatte ihre Lektion gelernt. Mit den Dorfkindern hat sie sich nicht mehr getroffen.

Vergessen hat sie den Jungen nie, nicht seine großen angstvollen Augen, nicht ihr eigenes schlechtes Gefühl. Immer, wenn sie diese Geschichte erzählte, sagte sie: „Ich würde ihn zu gerne wiedersehen und mich entschuldigen." All die Jahre ließ es sie nicht los.

Eines Tages geschah das Unfassbare.

Das Telefon ihrer Psychologischen Praxis klingelte, Pam nahm das Gespräch entgegen und dachte, sie hätte sich verhört. Der Mann am anderen Ende der Leitung war der Junge von damals. Er wollte einen Termin bei Pams Ehemann und routiniert, ohne sich etwas anmerken zu lassen, gab Pam ihm einen Termin. Mit ihrem Mann verabredete sie, dass er es bitte so einrichten möge, dass sie den Jungen … pardon … Mann zu Gesicht bekäme, damit sie sich endlich entschuldigen könnte.

Nach gut 40 Jahren war es soweit: Pam öffnete ihm die Tür und da er sowieso noch etwas auf seinen Termin warten musste, das Wetter besonders schön sonnig und warm war, bat sie ihn auf die Terrasse und bot ihm einen Kaffee an, den er gerne annahm. Doch bevor

Pam zum Zuge kam, sagte er: „Ich habe Deinen Namen draußen auf dem Schild gesehen, Du bist doch die Kleine, die bei uns um die Ecke gewohnt hat?" Pam bejahte und wollte sich nun endlich entschuldigen, aber er redete schon weiter: „Das dachte ich mir, wegen dem Namen, auch wenn wir uns ja nicht kannten. Ich hatte als Kind guten Kontakt zu Deinem Bruder."

Pam fragte vorsichtig nach und tatsächlich … er erinnerte sich kaum an sie!!! Er hatte Pam und die Ohrfeige vergessen, aber für Pam war es eine wichtige Lebenslektion für die sie sehr dankbar ist. Kurz nach dieser Begegnung verstarb er.
„Von dem Tag bis heute bin ich nie wieder einem Gruppendruck erlegen", versicherte Pam mir.

****
"Das Leben beginnt jeden Morgen
von Neuem
- egal ob wir erfolgreich sind oder bloß
im Strom mitschwimmen.
Es geht darum, ständig zu lernen
- und nichts zu verlernen."

Walter Breuning (1896-2011),
der älteste USA-Bürger

An Tagen, wie diesen …

Es war an einem richtig schönen Tag im Mai. Der Himmel strahlte frisches Blau aus, das zarte Grün der Bäume lud zum hinein beißen ein und überhaupt ist das Leben schön. Ein perfekter Tag, an dem alle Menschen fröhlich sind, niemand einem dumm kommt und man sich auf den Abend mit seinen Lieben freut. An so einem Tag kann nichts Böses geschehen, oder? So ein herrlicher Tag ist doch berechenbar. Ist er nicht! An so einem schönen lauen Maienabend stand meine Freundin Pamela völlig überraschend vor meiner Tür. Im Schlepptau Hund und Kind und sie sah irgendwie anders aus als üblich.

„Du glaubst nicht, was eben passiert ist!" rief Pam, als sie an mir vorbei rauschte. „Hi, Du, komm doch rein", murmelte ich, ihr hinterher schauend.

Bereits nach ihren ersten Sätzen, verstand ich ihr ulkiges Benehmen. Pamela erzählte:

„Als ich heute Morgen aus dem Haus ging, um diesen wunderbar anmutenden Tag in Angriff zu nehmen, hätte ich dessen Ausgang nie für möglich gehalten. Alles lief perfekt. Zuerst die Runde Joggen, dann duschen, umziehen und in die Firma fahren. Gleich drei neue Aufträge konnte ich festmachen. Zur Feier des Tages bin ich noch einkaufen gefahren, denn ich dachte mir, dass so ein Tag einen besonderen Ausklang braucht. Nun besonders ist es ja dann auch geworden! Als ich heim kam, wunderte ich mich schon über zwei große Koffer und einige Kisten im Hausflur. Als ich eben die Wohnungstür aufschließen wollte, wurde sie von innen aufgerissen. Mein mir feierlich und kostspielig, angetrauter Ehemann stand breit in der Tür und sagte: „Hab ganz vergessen Dir zu sagen, dass Du nicht mehr hier wohnst". Seine Worte waren von meinem Kopf noch nicht verstanden worden, als er hinter sich griff, mir meinen bereits angeleinten Hund überreicht und sagte: „Den nimmst Du besser mit, die Belastung wäre zu groß für mich." Im Hintergrund sah ich ein nicht mehr taufrisches „Brathühnchen", sehr leicht bekleidet über den Flur huschen. Na, so warm ist es nun auch noch nicht, dachte ich bei mir. Die Tür schloss sich vor meiner Nase und…ja, und das war's. Hier bin ich."

Um das Ganze zu begreifen, ließ ich mir diese verrückte Geschichte noch einmal erzählen. Das muss man erst mal sortiert bekommen.

„Hast Du denn nicht gemerkt, dass er anders war, dass da bereits eine andere Frau im Spiel ist?" – „Nein, keinen Moment. Bis vor einer guten Stunde war mein Leben völlig in Ordnung."

Heimlich ließ ich meinen Blick durch mein Wohnzimmer gleiten, auf der Suche nach Papiertaschentüchern. Der Zusammenbruch meiner Freundin musste jeden Moment kommen. Der kam dann auch prompt, wenn auch anders als gedacht. Wir brauchten beide die Taschentücher ... wir lachten Tränen. Denn, da waren wir uns einig, so was geschieht nur im Film, oder in Romanen, oder jemand anderem, aber nicht einer von uns und wenn doch, kann man nur darüber lachen!

Am nächsten Tag sind wir zusammen auf Wohnungsbesichtigung gefahren. Als meine Freundin Pam dann Geld für eine eventuell sofort zu leistende Mietkaution abheben wollte, stellte sie fest, dass ihr Konto leergeräumt war. „Donnerwetter", sagte sie, „gute Planung!" Sie behielt die Nerven, der Ex hat das Geld.

Was aus dem fiesen Exmann geworden ist, weiß ich nicht. Aber meine Freundin Pamela ist sehr glücklich geworden.

Ich sehe zu ihr hinüber und sie prostet mir Augenzwinkern zu. Ein herrlicher Maitag ist das Heute! Der Himmel strahlt.... Das hatten wir ja schon... und meine Freundin Pam hat soeben wieder geheiratet. So ist das, an Tagen wie diesen.

Hypnosetherapeut im Härtetest

Meine Freundin Pamela hat sich vor vielen Jahren einer Nichtraucher-Hypnose mit vollem Erfolg gestellt. Überglücklich und von diesem Erlebnis absolut begeistert drängte sie ihren Psychologen-Ehemann, doch auch Hypnosen in seiner noch jungen Praxis anzubieten. Nach anfänglichem Zögern, gab er Pam´s Drängen nach. Und nach abgeschlossener Fortbildung wagte er den Versuch. Die Erfolge gaben Pam Recht und ihr Mann spezialisierte sich mit der Zeit immer mehr, so dass er bald seine eigene Art der Hypnosetherapie entwickelt hatte. Nur eine einzige Sache machte ihm immer wieder Kopfzerbrechen: Seine damalige Praxis lag mitten in Berlin und es war unmöglich, alle Straßengeräusche fern zu halten. Als eines Tages auch noch das Haus eingerüstet wurde, sah er rabenschwarz, was gute Hypnosearbeit anging. Eines Tages, als er eine lange und komplizierte Hypnose vor sich hatte, verabredete er mit den Bauarbeitern, dass sie zu der bestimmten Zeit ihr Radio ausschalteten und sich nicht quer über das Gerüst lauthals unterhielten.

Was er aber nicht wusste war, dass der Altflaschencontainer wegen des Hausgerüstes genau unter das Praxisfenster geschoben worden war.

Als er nun mitten in der Hypnosearbeit war, kam draußen eine ältere Hausmitbewohnerin und ließ langsam und genüsslich eine Flasche nach der anderen in den noch leeren Container fallen.

Bei der ersten klirrenden Flasche schnellte die Patientin mit geschlossenen Augen auf der Liege hoch und blieb kerzengerade sitzen. Pam´s Mann sprach jedoch ruhig weiter und baute den Krach des immer weiter zerberstenden Glases mit in die Hypnose ein. Langsam legte die Patientin sich wieder hin. Kaum hatte auch er sich wieder beruhigt, da klingelte plötzlich lautstark im Zimmer das Telefon. Er hatte vergessen, es auf stumm zu schalten. Ganz langsam, und dabei weiter redend, ging er zum Schreibtisch und schaltete das Gerät ab.

Mit Schweißperlen auf der Stirn brachte er seine Arbeit sehr unentspannt zu Ende, mit der Überzeugung, dass diese Hypnose nicht wirklich „sitzen" könne.

Er staunte nicht schlecht, als die Patientin auf Nachfrage völlig überrascht war. Sie hatte weder das Gläser-Scheppern noch das Telefon-

klingeln gehört. Das gab seinem Selbstvertrauen großen Auftrieb.
Das Ganze ist Jahrzehnte her, und nie wieder hatte er eine ähnliche Situation. Aber als Lehrstück hat sich die Geschichte bewährt!

****

"Die therapeutische Trance ist ein Zeitabschnitt, während dem die Beschränkungen der eigenen gewohnten Bezugsrahmen und Überzeugungen vorübergehend aufgehoben werden, so daß der Betreffende für andere Assoziationsmuster und psychische Funktionsweisen empfänglich ist, die ihn einer Problemlösung näherbringen."

Milton H. Erickson/Ernest L. Rossi,
Hypnotherapie

Aber, Rom ist schön!

Meine Freundin Pamela kann eine richtige Chaotin sein, wie sie selber sagt. „Aber mit zunehmendem Alter wurde es besser", setzt sie dann Augenzwinkernd hinzu. Folgende Geschichte hat sich in Pam´s jüngeren Jahren abgespielt.

Ihr damaliger Freund bekam zum Geburtstag eine eintägige Überraschungsreise geschenkt, die daraus bestand, dass er sich mit einer Begleitperson seiner Wahl, morgens um fünf Uhr am Informationsschalter des Flughafens melden sollte. Dort erfuhr er dann das Ziel der Tagesreise. Pam fand die Idee dieses Geschenks total süß, war sie doch die mitzubringende Begleitperson. Nur ihr Freund, der nie besonders optimistisch war, wettete darauf, dass er bestimmt nach Brüssel verfrachtet würde. Denn, Brüssel kannte er schon.

Am Reisetag machten die beiden sich in aller Frühe auf den Weg. Der Hund war versorgt, der Nachbar würde nach ihm sehen und auch ein Stündchen mit ihm laufen. Reisepässe und Gutschein waren in Pam´s Handtasche verstaut. Mehr brauchten sie ja nicht für den einen Tag.

Am Flughafen erfuhren sie, dass die Reise nach ROM ging. Ja, das war doch richtig toll, fand selbst Pam´s Freund und endlich freute auch er sich.

Bereits gegen sieben Uhr landeten sie am Flughafen von Rom und fuhren von dort mit dem Zug in die ewige Stadt. Es war ein Bilderbuchtag. Sie schauten sich so viel Rom an, wie die Füße aushielten. Tranken Espresso im Sonnenschein, aßen original italienische Spaghetti in einem klitzekleinen Straßenrestaurant, schleckten anschließend ein Eis zu Füßen der Spanischen Treppe und fühlten sich ganz großartig. Als es Zeit wurde, zum Flughafen zu fahren, mussten sie den Zug dorthin erst mal suchen. Die Anzeigen im Bahnhof halfen ihnen nicht weiter und die Zeit lief ihnen davon. Zum Glück fanden sie dann doch noch jemanden, der ihnen Auskunft geben konnte, und kaum saßen sie im Zug, als dieser auch schon los fuhr.

Nach einer guten Stunde Zugfahrt, überkam sie ein merkwürdiges Gefühl. Hatte es am Morgen auch so lange gedauert? Sah die Landschaft nicht irgendwie anders aus? Bevor sie so richtig darüber debattieren konnten, kam der Schaffner. Nach dem ersten Blick auf die Tickets stellte der Schaffner fest, dass die beiden im falschen Zug saßen. Das dauerte natürlich noch eine Weile, bis die beiden das so richtig verstanden. An der nächsten Station scheuchte der Schaffner sie aus dem Zug und zeigte ihnen mit Händen und Füßen, dass sie zurück nach Rom fahren müssten. „Wenn wir eine Stunde zurück fahren und dann nochmal zum Flughafen raus, schaffen wir den Flieger nie"! stellte Pam fest. „Das muss irgendwie gehen, es muss einfach!", bestimmte ihr Freund. Es ging aber nicht! Natürlich war die Maschine schon in der Luft auf halber Strecke in Richtung Heimat, bevor Pam und ihr Freund am Flughafen ankamen.

„Egal jetzt, dann nehmen wir eben die nächste Maschine, soviel Kulanz wird die Gesellschaft ja wohl haben." Der nächste Flug ging aber erst am nächsten Morgen und sie mussten den normalen Tarif dafür bezahlen, da war nichts mit Kulanz. Das Guthaben der Kreditkarte reichte noch gerade so für die Flugtickets, aber nicht mal mehr für eine Flasche Wasser, geschweige denn für eine Übernachtung in Rom. So mussten beide die Nacht am Flughafen verbringen.

„Das war eine total verrückte Nacht", erzählte später Pam. „Mit einer Übernachtung hatten wir ja wirklich nicht gerechnet. Ich konnte irgendwann nicht mehr aus den Augen schauen, so brannten meine Augen. Die Kontaktlinsen wollte ich aber nicht raus machen, weil ich ja keine neuen dabei hatte. Ja und dann hatten wir Angst, dass meinem Freund was passiert, weil er doch Diabetiker war und er natürlich kein Insulin eingepackt hatte. Wie gesagt, wir sollten ja abends wieder zurück sein. Endlich kamen wir auf die Idee, uns Hilfe von zu Hause zu organisieren. Der Akku vom Handy reichte gerade noch zum „Hallo" sagen, und dass wir die Maschine verpasst hätten..., dann war die Batterie völlig platt. Wenigstens wusste nun unser Freund und Nachbar, dass er nochmal mit dem Hund nach draußen gehen musste. Ha, der hatte sich übrigens mit dem Futter bereits selber bedient... der Hund..., nicht der Nachbar. Er bekam irgendwie die Speisekammertür auf, zog den Sack mit dem Trockenfutter heraus und hat ihn in der Küche zerlegt. Währenddessen hatten mein Freund und ich die eine Hälfte der Nacht gestritten und uns gegenseitig die Schuld für unser Dilemma gegeben, und die andere Hälfte hatten wir herzhaft gelacht, denn so etwas kann nur uns passieren. **Aber, ... Rom ist schön!!!**"

****

"Ich kann sagen, daß ich nur in Rom empfunden habe, was eigentlich ein Mensch sei. Zu dieser Höhe, zu diesem Glück der Empfindung bin ich später nie wieder gekommen."
Johann Wolfgang von Goethe (1749 - 1832), dt. Dichter

5. Menschen

Berlin Kreuzberg

Es ist schon eine ganze Weile her, als mir in Berlin-Kreuzberg eine wirklich gute Erfahrung zu Teil wurde. Ich war gerade in diese schöne Stadt Berlin umgezogen und erforschte Bezirk um Bezirk. So landete ich eines Tages in Kreuzberg. Natürlich wusste ich, dass Kreuzberg nicht überall Kreuzberg ist … das versteht jetzt wahrscheinlich nur ein Berliner. Was ich sagen will ist, nicht ganz Kreuzberg ist türkisch betont. Aber genau in diesem Teil von Kreuzberg, man nennt ihn auch „Klein Istanbul" oder „Klein Ankara" ist mir folgendes passiert:

Wie ich so durch die Straßen streifte, bei herrlichem Sonnenschein und freundlicher Temperatur, trat ich auf eine schiefe Stelle im Bürgersteig, knickte mit dem Fuß um und fiel der Länge nach hin. Sofort jagte ein stechender Schmerz vom Knöchel zum Gehirn, so dass mir kurz die Luft weg blieb und sich mein Blickfeld vernebelte. Das erste, was ich dann wieder richtig wahrgenommen habe, waren drei türkische Männer, die laut in verschiedene Richtungen Kommandos brüllten, worauf noch mehr Türken angelaufen kamen. Man half mir wieder auf die Füße und transportierte mich zu einem eiligst, für mich herbei gebrachten Stuhl an einer Hauswand. Nun kamen aus vielen Haustüren türkische Frauen, um sich um mich zu kümmern. Flugs stand ein Tischchen neben dem Stuhl, auf dem ich inzwischen saß. Eine Frau gab mir einen Tee und deutete, daß ich den auch gleich trinken solle. Eine andere kam mit einer Schüssel Wasser und Küchentüchern und auch ihre kleine Tochter schleppte sich mit einem Schemel ab. Darauf wurde dann mein Fuß platziert und die Frauen begannen ihn zu kühlen. Die Männer standen in einer Gruppe abseits, aber als alle merkten, dass ich wirklich kein Wort von ihrem fremden „Geschnatter" verstand, wurde ein junger Mann als Dolmetscher abgestellt. Alle paar Minuten wurde das Wasser gewechselt, jedes Mal war es etwas kühler, bis nach einigen Umschlägen Eiswasser zum Einsatz kam. Der junge Mann erklärte mir genau, was die Frauen mit meinem Fuß veranstalteten. Zum Schluss der Behandlung sauste jemand zur Apotheke an der Ecke und holte eine elastische Bandage, die mir, beziehungsweise meinem Fuß dann fachgerecht verpasst wurde. Inzwischen tat mein Fuß kaum noch weh. Inzwischen standen bestimmt ein halbes Dutzend weitere Stühle um mich herum, die von türkischen Frauen im Wechsel besetzt wurden. Ich hatte etliche Tassen Tee getrunken und verschiedene türkische Gebäcksorten probiert. Die Menschen waren so herzlich und freundlich, dass ich gar nicht wusste, wie ich mich revanchieren sollte. Ich fragte deshalb den jungen Dolmetscher-Mann und er erklärte mir, dass ein schlichtes Danke, das vom Herzen kommt, völlig reicht. Alles Weitere wäre eine Beleidigung. Noch nicht mal die Bandage dürfe ich bezahlen wollen, sagte er mit Nachdruck.

Die Frauen und ich haben uns fast den ganzen Nachmittag mit Händen und Füßen unterhalten, wir haben viel gelacht und uns gut verstanden. Obwohl wir die Sprache des anderen nicht verstanden! Zum guten Schluss wurden zwei Söhne verpflichtet, mit mir zur U-Bahn zu gehen und mich auf der Fahrt nach Hause zu begleiten, damit mir ja nichts passiert.

Auch an dieser Stelle möchte ich mich noch einmal ganz herzlich bedanken. Für die Gastfreundschaft, für die Hilfe, für die Menschlichkeit. Vielen, vielen Dank!

„Es nutzt ja nüscht ....

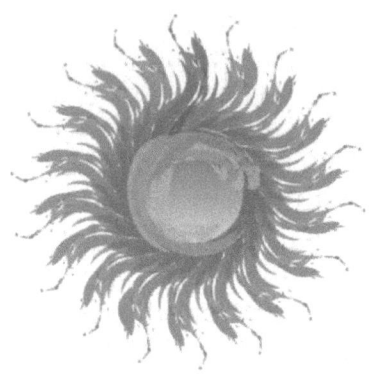

„....wir brauchen einen schauen Artikel, und Dir fällt doch immer was ein." – waren die an mich gerichteten, aufmunternden Worte.

Stimmt, mir fällt wirklich immer was ein. Nur eben heute nicht. Heute ist mir zu heiß. Immerhin sind über 30°C da draußen. Hier drin ist es auch nicht kühler. Ich schaue hilfesuchend meine Hündin Rickel an. Sie pennt, oder tut so. Vielleicht hat sie meinen erwartungsvollen Blick schon wieder einmal im Vorfeld gespürt. Okay, ich muss mir eine andere Inspirationsquelle suchen.

Nachdenklich schaue ich aus dem Fenster. Es war doch typisch. Jedes Jahr das Gleiche. Kaum sind Ferien, fahren und fliegen die festangestellten Autoren, natürlich auch Bänker, Verkäufer, Feuerwehrmänner- und -Frauen etc. in die Ferne. Sie haben Urlaub. Wir Freischaffenden sind hier, haben gar keine Zeit, zu privaten Zwecken zu verreisen. Und dann kommen sie, die Anfragen. Schnell mal hier ein Artikel, oder eine Kurzgeschichte...

hat aber Zeit bis morgen Mittag…, oder ein dringend gebrauchter Songtext. Sorry, unser Haus- und Hofschreiber ist gerade mit seiner Familie in Südfrankreich.

Da wäre ich jetzt auch gerne. Bin ich aber nicht und deshalb muss ich mich jetzt zusammenreißen und einen lustigen Text schreiben!

Wer hat gesagt, dass er lustig sein soll? Eben, keiner, mir ist heute nicht nach lustigem Text. Mir ist heute nach Meckern zumute, nach „lasst mich in Ruhe" und „ist doch eh alles nicht echt". Mir ist nach richtig schlechter Laune! Warum? Nur, weil mir heiß ist? Nö, nicht nur. Sondern auch weil Freitag ist, dazu mit einer ewig langen Mondpause, weil ich gerne ein Erdbeereis mit viel Sahne hätte, was seit kurzem aber nicht mehr geht, weil ich eine Lactoseüberempfindlichkeit habe. Das wäre mir heute egal, aber es will keiner mit mir zum Eisschlecken fahren. Ist allen zu heiß. Vielleicht morgen. Aber da will ich nicht. Da gehe ich zum Ritterfest nach Vianden! So!

Ruckartig hebt Rickel den Kopf und schaut mich vorwurfsvoll an. Hatte ich laut gedacht oder telepathierte sie schon wieder. Nun, zum Ritterfest kannst du wirklich nicht mit. Das Gedränge ist zu groß, da hast du keine Freude dran. Kannste mir glauben…. versuchte ich zu erklären. Außerdem ist es doch viel zu heiß!, setze ich noch drauf. Das hilft nicht mehr, jetzt ist sie beleidigt.

Na prima! Jetzt können wir zu zweit rumzicken! Na ist doch wahr! Hoffentlich gewittert es bald ordentlich, damit diese Hitze gebrochen wird und…ja was???
Seufzend schaue ich wieder aus dem Fenster….Es nutzt ja nüscht….

****

"Jeder Mensch hat das Recht auf schlechte Laune.
Man sollte das in die Verfassung aufnehmen."

Georges Joseph Christian Simenon (1903-1989), belg. Schriftsteller

Wenn man Liebe lebt!

 Folgende Geschichte wurde mir zugetragen. Ich weiß nicht, ob es sich um eine wahre Begebenheit handelt und ich kenne auch die Quelle der Geschichte nicht. Aber sie ist so wunderschön, dass ich sie der Welt nicht vorenthalten möchte.

Ein junger Journalist hatte den Auftrag, einen berühmten älteren Professor zu interviewen. Pünktlich, zum angegebenen Termin klingelte er an des Professor's Haustür. Eine ältere Frau in Arbeitskittel und einem kleinen Küchenmesser in der Hand öffnete. „Kommen Sie rein, mein Mann ist noch im Garten, aber er kommt gleich", sagte sie freundlich und der Journalist folgte ihr in die Küche. Sie setzten sich an den Küchentisch und die Frau schnippelte fleißig grüne Bohnen klein, während sie mit ihm plauderte. Ein paar Minuten später betrat der Professor die Küche von der Gartenseite her. Er grüßte freundlich, sagte, er werde sich nur schnell die Hände waschen und sich umziehen und lief flink wie ein junger Mann mit den schmutzigen Gummistiefel durch die ganze Küche. An der Tür zum Flur zog er die Stiefel aus und marschierte auf Strümpfen davon.

Der junge Mann sah ihm staunend hinterher und staunte gar noch mehr, als die Frau lächelnd aufstand und die Schmutzspuren, die des Professor´s Stiefel hinterlassen hatten, in Seelenruhe wegwischte.

„Na", sagte der Journalist, „der Professor hätte die Stiefel aber auch an der Tür zum Garten ausziehen können, anstatt Ihnen den ganzen Dreck in die Küche zu bringen."

Da lachte die Frau, sah ihn strahlend an und sagte augenzwinkernd:

„Junger Mann, Sie habe übersehen, dass die Stiefel auch meinen Mann mit ins Haus bringen."

****

"Die wahre Lebenskunst besteht darin, im Alltäglichen das Wunderbare zu sehen."

Pearl S. Buck (1892-1973),
US-amerikanische Schriftstellerin,
Literaturnobelpreisträgerin

Ich war doch schon in Wien!

Nach einem leckeren, von meiner Mutter gezauberten Mittagessen, saßen Mutter, Vater und ich gemütlich in deren Wohnzimmer. Mutter und ich sammelten Ideen, denn wir beide planten ein verlängertes Wochenende in irgendeiner europäischen Stadt. Ein bisschen Kultur, gutes Essen und die Möglichkeit, Bummeln zu gehen, waren die groben Kriterien.

„Das könnt ihr auch hier", stellte Vater fest.

„Klar, aber das wollen wir ja gar nicht, wir wollen mal was anderes sehn", gab Mutter zurück.

„Paris?", fragte ich. „Och nee, das kennen wir schon", lehnte Mutter ab. Nächster Versuch: „Rom?" – „Um diese Jahreszeit? Viel zu heiß!"

„Sag ich doch, bleibt zu Hause", schlug Vater vor. Wir ignorierten ihn einfach und machten weiter.

„Hamburg, oder München?", fragte ich hoffnungsvoll, denn mir war das Reiseziel nicht ganz so wichtig. Mutter wiegte überlegend den Kopf hin und her.

„London!", rief ich begeistert. – „Pfhhhh…, da müssen wir mit schlechtem Wetter rechnen und es gelüstet mich wahrhaftig nicht nach englischer Küche."

„Hm…und nun?", frage ich überlegend und erschrack richtig als Mutter begeistert rief:

„Wien, lass uns nach Wien fliegen!" – „Jepp, das gefällt mir, das machen wir", freute ich mich.

„Wien???", fragte mein Vater erstaunt. „Was wollt ihr denn in Wien?"

Mutter und ich sahen Vater irritiert und fragend an.

„Was hast du denn gegen Wien?", fragte ich.

„Na, da war ICH doch schon!"

So richtig konnte Vater unseren plötzlichen Heiterkeitsausbruch nicht nachvollziehen. Was auch immer er eigentlich sagen wollt, wir haben es nie erfahren. Aber ein Familienspruch ist entstanden. Wenn irgendetwas unlogisch ist, oder klemmt, oder…, was weiß ich, …findet sich sicher einer der trocken sagt:

„Aber, Vater war doch schon in Wien!"

****

"Wenn die Welt einmal untergehen sollte, ziehe ich nach Wien, denn dort passiert alles 50 Jahre später."

Gustav Mahler (1860-1911),
österr. Komponist

6. Wohngemeinschaft

WG in Schräglage

 Wenn drei Menschen in einer Wohngemeinschaft zusammen leben, ist der mit der niedrigsten Toleranzgrenze, was Sauberkeit und Ordnung betrifft, dumm dran... um es mal vornehm auszudrücken.

So wie bei meiner Freundin Pamela. Seit Jahren lebt sie mit ihrem Mann und einem guten Freund, der so eine Art zweiter Sohn geworden ist, zusammen. Das Haus ist groß, jeder hat seinen Bereich und alles könnte gut sein. Könnte! Denn Pam bleibt überwiegend allein auf der Haus- und Gartenarbeit sitzen. Regelmäßig platzt ihr der Kragen. Dann gibt es Gespräche und Versprechen. Nach solchen WG-Meetings geht es ein bis zwei Wochen einigermaßen gut und danach ist alles beim Alten.

Jetzt ist Pam der Kragen endgültig geplatzt. Die Sonne scheint, es wird wärmer und es ist Zeit zum Frühjahrsputz. Die Fenster sehen aus, wie Fenster nach einem grauen Winter eben aussehen, und die Sonne bringt es an den Tag. Für Pam ist es selbstverständlich, dass es Zeit ist, mit dem Putzlappen in die letzten Winkel des Hauses zu krabbeln. Für die männlichen Mitbewohner nicht. Pam hat also schon mal angefangen... Fensterputzen, Möbelrücken..., was man halt so macht. Männliche Hilfe war nicht in Sicht. Die Herren hatten „zu tun". Pam eigentlich auch, aber, das kümmert grad mal wieder keinen. Am zweiten Putztag fiel Pam in einer ihren „Krisen". Heulend saß sie auf der Terrasse in der Sonne. Sie fand die ganze Welt gemein und zwei Herren der Schöpfung im Besonderen. Sie ist es müde, immer und immer wieder zu reden. Sie hat keine Lust mehr.

„Hör auf zu heulen", sagte sie zu sich selber, „such` eine Lösung!". Der gute Rat, den sie sich selber gab, half ihr aber auch nicht weiter. Sie fand keine Lösung. Sie hatte doch schon alles versucht. Und ihr Lebensmotto: „Wenn nichts mehr geht, gehe ich", schien ihr in Anbetracht der Lage doch zu drastisch. Einfach alles liegen lassen, konnte sie aber auch nicht. Wieder kullerten die Tränen. „Ich sitze in der Falle", jammerte sie Nachdem sie sich noch ein paar Minuten selbst bemitleidete, schneuzte sie kräftig die Nase, holte sich das Telefon und besorgte sich eine Putzhilfe für den nächsten Tag. Dann kehrte ihre gesunde Wut zurück und sie stürmte in das Büro ihres Mannes und machte sich Luft: "Morgen kommt eine Freundin mir beim Putzen helfen, und wenn sich hier nicht sofort was ändert, suche ich uns eine Drei- Zimmerwohnung! So!". Mit diesen Worten wollte sie entschwinden, aber die Reaktion ihres Mannes nagelte sie regelrecht fest. „Prima, sagte er, wenn ihr dann fertig seid, können wir uns ja mal zusammensetzten und schauen, wie wir es besser organisiert bekommen." Fassungs- und sprachlos schaute sie ihn an, bevor sie kopfschüttelnd zum Aufräumen in die Garage ging.

Noch am gleichen Tag ging Pam auf Wohnungssuche!

****

"Schock' deine Mitbewohner
- putz das Klo!"

Eine große Kampagne des Studentenwerks zu Köln

7. Tiere

Die überraschende Begnadigung.

Oder: **Wie mein Onkel den Gaul rettete.**
An einem Spätherbsttag besuchte mein Onkel einen Freund, der im Schlachthof arbeitete. Beide standen plaudernd am Eingangstor, als ein alter Bauer, mit einem ebenfalls nicht mehr jungen Pferd, das er am Zügel führte, die Straße zum Schlachthof herunterkam.

Ein Bild für Götter, berichtete mein Onkel, denn Mann und Pferd hinkten leicht auf der linken Seite. Sie schienen ein wirklich gutes Team zu sein. Zur Verwunderung meines Onkels, kam der Bauer, um das Pferd töten zu lassen.

„Warum?", fragte mein Onkel. „Nun", sagte der Bauer, „meine Frau und mein Sohn wollen keinen unnützen Fresser den Winter über durchfüttern. Zum Arbeiten ist mein Leo aber zu alt. Ich habe den Hof bereits übergeben und mein Sohn hat nun das Sagen. Was soll ich tun?" Endete er resigniert.

Onkels Freund brachte den Gaul in eine Box und holte den Schießbolzen. Der alte Bauer redete fast zärtlich mit seinem Leo und meinem Onkel, einem eingefleischten Stadtmenschen, wurde es mulmig in der Magengegend. Da kam sein Freund auch schon zurück und sagte dem Bauern, es wäre doch vielleicht besser, wenn er jetzt ginge. Das lehnte der Bauer rigoros ab. Er wollte Leo bis zum Schluss begleiten.

Leo stand völlig entspannt in der Box, auch noch als ihm der Schießbolzen an die Stirn gesetzt wurde. Dann drückte Onkels Freund ab und … der Bolzen klemmte. Schimpfend hantierte er an dem Gerät herum und er als den Bolzen erneut ansetzen wollte, sprang mein Onkel zwischen Freund und Pferd.

„Halt!", rief er, „das darfst Du nicht! Selbst ein Mörder wird begnadigt, wenn der Elektrische Stuhl versagt"!

„Stimmt", sagte der Bauer erleichtert, „und mein Sohn soll es nur wagen, etwas dagegen zu sagen. Leo bekommt sein Gnadenbrot, basta"!

Seine Augen strahlten vor Freude, als er Leo aus der Box führte. Mein Onkel schaute ihnen nach, wie sie den Hof verließen. „Wirklich, ein Bild für Götter", schmunzelte er.

Mein Onkel hatte das gute Gefühl, an diesem schönen Herbsttag etwas ganz Besonderes erlebt und getan zu haben.

„Der alte Bauer hat mich sicherlich schon lange vergessen. Aber ich werde ihn und Leo nie vergessen", sagt er jedes Mal, wenn er diese Geschichte erzählt.

****

"Die Erde wäre ein Nichts ohne den Menschen,
der Mensch aber wäre ein Nichts ohne das Pferd."

Aus England

Hengst Paul und die Stuten

Eine liebe Bekannte besuchte mich spontan auf eine Tasse Kaffee. Schnell bemerkte ich, dass sie etwas bedrückte und auf meine Nachfrage sprudelte es aus ihr heraus: „Paul geht es sehr schlecht, ich glaube er schafft den Fellwechsel nicht."

Da musste ich schnell mal in mich gehen und nachdenken. Ihr Mann hieß doch nicht Paul und was meinte sie mit Fellwechsel? Fragend sah ich sie an. „Mein Hengst", sagte sie, und erklärte mir, dass Paul eingehen kann, wenn er eben besagten Fellwechsel nicht mehr schafft und der Tierarzt ihr schonungslos gesagt hatte, er könne nichts mehr für Paul tun, er sei halt schon zu alt.

Nun, mit Pferden kenne ich mich in der Tat nicht aus, aber da brauchte ein Wesen Hilfe, und somit war meine Bekannte dann doch an der richtigen Stelle.

Um mir zu zeigen, was sie meinte, fuhren wir gemeinsam in den Stall. Und da stand er vor mir, der Paul. Sein Fell sah struppig und stumpf aus, wie auch seine Augen, also diese nur stumpf.

Mit hängendem Kopf warf er mir einen Blick zu, der eindeutig sagte: „Ich will nicht mehr!"

Was für ein Leben war das denn noch. Die Mädels (Stuten) beachteten ihn nicht mehr, was ja schon schlimm genug war, aber nicht mal mehr der mikrigste Hengst versuchte, sich mit Paul anzulegen.

Schweigend sah ich ihn eine Weile an und meine Bekannte mich.

„Colostrum", sagte ich nach einer Weile. „Versuche es mit Colostrum."

Das tat sie dann auch. Paul war bereits nach drei Tagen so versessen auf sein Colostrum, dass meine Bekannte die Dose mit dem Pulver verstecken musste.

Der Fellwechsel klappte wunderbar.

An einem schönen Frühlingstag sah ich besagte Bekannte im Ort. Sofort steuerte sie auf mich zu und bat mich strahlend, mir die Zeit zu nehmen, und zu Paul zu fahren. Außerdem müsse sie unbedingt etwas erzählen. Da ich ja so überhaupt nicht neugierig bin, fuhr ich mit.

Vor einer Weide, auf der sich mehrere Pferde tummelten, stiegen wir aus.

„Schau selber", sagte sie.

„Schöne Tiere", sagte ich artig und wollte schon nach Paul fragen. Denn auf der Weide war nirgendwo ein alter Hengst zu sehen, da schrillte ein Pfiff an meinem entsetzten Ohr

vorbei und auf der Weide setzte sich ein schöner Brauner in Bewegung. Das war Paul!!!
Sein Fell glänzte, seine Augen glänzten und er tänzelte leichtfüßig auf uns zu. „Donnerwetter!", entfuhr es mir, und meine Bekannte platzte fast vor Stolz. „So", sagte sie, „und nun kommt die Geschichte, die ich Dir unbedingt erzählen muss!"
Vor einigen Tagen rief die Polizei bei ihr an. Es waren Hengste aus der Koppel ausgebrochen und vergingen sich zwei Dörfer weiter an den Stuten.
Als sie am Tatort ankam, glaubte sie nicht, was sie sah. Ganz vorneweg der Paul! Sie konnte gerade noch sehen, wie er mit einem eleganten Tritt einen hartnäckigen Junghengst vertrieb, dann war er mit seiner Braut hinter dem Hügel verschwunden.
Sie erzählte das so bildlich, dass mir vor Lachen die Tränen kamen und dann setzte sie mit einer Frage noch ein´s drauf: „Kann ich meinem Mann auch Colostrum geben?"
Nachdem ich wieder Luft bekam, konnte ich es bestätigen.
Ja, sie kann durchaus auch ihrem Mann Colostrum geben….aber bitte das für Menschen!

****

„Wenn ein alter Gaul in Gang kommt, so ist er nicht mehr zu halten."
unbekannt

Rettet die Hühner

Von klein an, war sie gerne bei den Großeltern und den Tanten auf dem Lande zu Besuch. Sie hatte einen naturgegebenen wunder-baren Umgang mit Tieren. Hatte Freunde bei den Schweinen, Kühen und den Hühnern. Selbst ein Kaninchen lief ihr hinterher wie ein kleiner Hund.

Sie war zwar kein typisches Stadtkind und doch hatte sie lange nicht verstanden, wo die leckeren, gebratenen Hähnchen oder das Fleisch überhaupt herkamen.

Am schönsten war es für sie, wenn die ganze Familie zusammen war.

So auch an einem herrlichen, sonnigen Wochenende. Gemütlich saß man beim Frühstück, plauderte, scherzte, ja es war einfach nur schön.

Bis die Großmutter einen folgenschweren Satz zu Opa sagte: „Denk daran, dass Du noch die bestellten Hühner schlachtest, bevor Du auf's Feld fährst. Ach, und für uns kannst Du auch gleich zwei mitschlachten."

Die Plauderei am Tisch ging munter weiter und niemand sah, dass die Kleine leichenblass geworden war. Der Appetit war ihr vergangen, hatte sie doch eben begriffen, dass einige ihrer Freunde das Leben lassen mussten. Verwirrt schlich sie aus der Küche.

Wenig später donnerte Opa's Stimme durch's Haus: „Wo sind die Hühner!?"

Die Familie lief im Flur zusammen und alle sahen ihn fragend an.

„Nun schaut nicht so, die sind alle weg."

„Wo ist die Kleine?", dämmerte es dem Vater.

Die Familie schwärmte also aus, um Hühner und „Kleine" zu suchen.

Opa wurde fündig: An der verschlossenen Scheunentür hing ein handgeschriebener Zettel mit dem sagenhaftem Text: „Ammnesthii fur alle Hüner!"

Die Kleine hatte sämtliche Hühner in die Scheune gejagt und sich mit ihnen eingeschlossen. Sie war gewillt, Leben zu retten. Hier und jetzt!

Der Familienrat beschloß, in die Verhandlung zu gehen. Niemand wollte ein sechsjähriges kleines Mädchen mit Gewalt da rausholen und irgendwie fanden alle die Aktion zur Hühnerrettung gut.

Opa wurde zum Unterhändler gewählt. Da allen klar war, dass es lange und harte Verhandlungen geben würde, schnappte Opa sich einen Hocker und setzte sich vor die Scheunentür. Die Verhandlung begann.

Es war von Anfang an logisch, dass an diesem Tag keinem Huhn eine Feder gekrümmt wurde, aber Opa wollte ihr unbedingt verständlich machen, wie das Leben auf dem Lande so ist, und dass das Schlachten ganz einfach dazu gehört. Das war nicht wirklich der richtige Einstieg in die Verhandlung.

Die Kleine gab keinen Zoll nach, verlangte eine schriftliche Garantie, dass auf diesem Hof kein Tier mehr geschlachtet wird, sollte das Schriftstück nicht binnen einer Stunde unter der Tür durchgeschoben werden, wollte sie mit den Hühnern in einen Hungerstreik treten.

Opa war so perplex, dass ihm „aber du bist doch erst sechs Jahre alt" herausrutschte. „Na und!" keifte es aus der Scheune zurück.

Jetzt versuchte es die Großmutter. Sie erklärte, warum Tiere geschlachtet werden und dass sie ja auch damit das Geld verdienen würden und überhaupt hat es ihr, der Kleinen, doch auch immer gut geschmeckt.

Auch das hatte keine Wirkung. „Ich bin ab jetzt Wegtarier" schluchzte es aus der Scheune.

„Was für ein Ding?" flüsterte Opa dem Sohn in´s Ohr, aber dieser sah ihn nur grinsend an. Er war ganz schön stolz auf seine Kleine und so schritt er zur Tat.

Endlich kamen die Verhandlungen in Gang und nach einer weiteren guten Stunde öffnete sich die Scheunentür ganz vorsichtig. Ein blonder Lockenschopf mit großen, verheulten Augen schaute misstrauisch um die Ecke.

Die ganze Familie stand feierlich zum Empfang bereit.

„Und es ist versprochen, dass keinem dieser Hühner etwas passiert?", piepste sie. „Versprochen!" klang es mehrstimmig über den Hof.

So kam es, dass gut ein Dutzend Hühner auf einem kleinen Bauernhof in den Ardennen friedlich an Altersschwäche gestorben sind.

Siehe beispielsweise Gnadenhof Erzbach:
www.gnadenhof-erzbach.de/huehner.htm

****

"Enten legen ihre Eier in aller Stille.
Hühner gackern dabei wie verrückt.
Was ist die Folge?
Alle Welt ißt Hühnereier."

Henry Ford (1863-1947),
Gründer der Ford Motor Company

8. Hunde

Wahre Freunde sind IMMER treu

Sehen Sie sich unbedingt diesen Film an:
Antarctica – Gefangen im Eis (Eight Below, 2006)

"Antarctica – Gefangen im Eis" erzählt die wahre Geschichte von zwei Wissenschaftlern, die in der Antarktis einen Meteoriten untersuchen wollen, aber durch die Naturgewalten zur Umkehr gezwungen werden. Als ein Sturm losbricht, retten die Huskys den Menschen das Leben. Doch Scout Jerry muß seine acht treuen Schlittenhunde zurücklassen – mit dem Versprechen, wieder zu kommen. Alleine in Eis und Schnee beginnt für seine treuen Freunde ein harter Kampf um Leben und Tod. Man sollte jedoch nie den Lebenswillen eines Huskys unterschätzen, wenn er mit seiner „Familie" unterwegs ist ... Herrchen starten schon bald eine Rettungsmission.

Du bist nicht allein (You Are Not Alone) aus dem Film „Eight Below"
Das sind meine Lieblings-Szenen, die von erstaunlichen Überlebens- und Solidaritäts-Leistungen der Hunde berichten. Dieses Video ist mit der passenden Musik von Michael Jackson "You Are Not Alone" untermalt.
www.youtube.com/watch?v=OSwlozB-zyE

****

„Dass mir mein Hund das Liebste sei,
sagst du, oh Mensch, sei Sünde,
mein Hund ist mir im Sturme treu,
der Mensch nicht mal im Winde."

Franz von Assisi (1181-1226),
ital. Begründer des christlichen Ordens der Minderen Brüder (Franziskaner)

Ein Pudel Namens Brändy

Die Zwergpudelhündin „**Brändy von der Zipfelmütze**" (sieh hieß wirklich so!), von mir kurz **Püppi** genannt, kam völlig unerwartet in mein Leben. Mein neuer Lebensgefährte brachte sie eines Abends mit nach Hause. Seine Expartnerin wollte den Hund nicht mehr haben. Vorsichtshalber klingelte mein Mann an der Haustür und als ich öffnete, sah ich in vier fragende Augen. Ein Bild für Götter!

Für mich als bekennender Hunde-Narr, gab es natürlich keine Frage, ob der Hund bleibt oder nicht, obwohl ich ja schon den wunderbaren Robin hatte. Aber ein Pudel??? Irgendwie waren Pudel für mich Modepüppchen, die ständig froren und getragen werden wollten.

Püppi lehrte mich, zu erkennen, was für tolle Hunde Zwergpudel sind. So richtige, ganze Kerle. Klein, aber mit einem Löwenherz und einer erstaunlichen Intelligenz.

Auch meinem Rüden Robin verdrehte sie im nu den Kopf.

Sie machte im Park die großen Hunde an und versteckte sich dann hinter ihm. Robin war aber kein Kämpfer, er war friedlich und ein absoluter „Pazifist". Irgendwie kam er jedes Mal um eine Rauferei herum und zum Glück stellte Püppi diese „Anmacharien" bald ein.

Die zwei Hunde und zwei Menschen waren schnell ein gutes Team.

Zwei Jahre durfte ich mit Püppi verbringen. Zwei Jahre die so kurz und doch so voller guter Erfahrungen waren. Denn Püppi war schon alt und krank, und musste eines Tages eingeschläfert werden. Wie sie beim Tierarzt so in meinen Armen lag, erzählte ich ihr, sie solle Opa grüßen, erzählte ihr, wie sie wieder ohne Schmerzen mit meiner Schäferhündin Laika auf der Wiese unter einem blühenden Kirschbaum spielen würde, wie sie Opa beim Angeln zusehen würde, und dass sie ruhig mal einen Fisch mopsen könne. Nun, ich erzählte ihr noch einen Haufen Zeug, was man so erzählt, wenn die Verzweiflung und der Schmerz des Loslassens das Herz würgt.

Dann bat ich sie, mir ein Zeichen zu geben, wenn sie dort in der anderen Welt gut angekommen sei.

Als ich die Tierarztpraxis verließ, flog eine **Staffel Hubschrauber in Formation** über den Treptower Park und vom russischen

Ehrendenkmal erhoben sich die kräftigen Männerstimmen eines russischen Chors. Sie sangen: Do Swidanija., heißt Auf Wiedersehen. Denn es war diese Zeit nach der Wende, als sich die russische Armee aus Berlin verabschiedete. Man kann sich vorstellen, wie da die Tränen flossen. Aber mal ehrlich, war das nicht ein würdiger Abschied für eine Hündin Namens Püppi?

Nun, eine Nacht später, wachten wir auf, weil eindeutig jemand mit den Krallen an der Lammellentür des Kleiderschranks kratzte. Püppi! Wir saßen senkrecht im Bett. Sie hatte sich das angewöhnt, als sie krank wurde, um uns zu wecken, wenn sie uns brauchte. Mein Lebensgefährte machte Licht an. Was für ein Bild. Mein Hund Robin stand vor dem Schrank und spielte wedelnd mit Nichts? Er schleckte den Nichts die Nase ab, und wedelte sich fast den Schwanz ab. Jetzt wussten wir dass Püppi gut angekommen war. Wir löschten das Licht, und dann spürten wir, wie Püppi aufs Bett hopste, und über die Decke lief. Dann war sie weg. Robin legte sich wieder hin, und auch ich kuschelte mich unter die Decke.

Mit einer Träne im Knopfloch, aber doch glücklich, schlief ich ein.

Eine Hundeforscherin wurde einmal im Interview gefragt: *Kommen Hunden in das Paradies?* Ihre kluge Antwort war:

Wäre es sonst ein Paradies?

Von Hunden und ihren Menschen

Das Thema **„Hund oder keinen Hund im Haushalt"**, bringt in so mancher Familie oder Partnerschaft eine langjährige Diskussion, mit nicht unerheblichen, heftigen Auseinandersetzung zwischen den Beteiligten und besonders zwischen den Generationen.

Zu 90% kommt aber irgendwann der Tag der Tage... ein Hund kommt in´s Haus.

Ich habe Bekannte, die haben den Kauf von ihrem Hund besser geplant, vorbereitet und sich darauf eingestellt, als manche auf ihre Kinder.

Bei mir ist das irgendwie anders. Dass ich ein absoluter Hundenarr bin, will ich erst gar nicht verheimlichen. Wo ich geh` und steh` kommen die Hunde zu mir, schnuppern (wenn Frauchen/ Herrchen das erlaubt) und so manch einer will einfach mit mir weiterlaufen.

Vor vielen Jahren entschied mein – damals amtierender – Ehemann, daß wir, wenn wir uns schon einen Hund anschaffen, es ein Cocker Spaniel sein soll. Mir persönlich sind solche Kleinigkeiten wie Rasse, Größe und ähnliches egal. Ich vertrete fest die Meinung, *dass nicht wir Menschen den Hund aussuchen, sondern der Hund uns.*

Also machten wir uns auf den Weg zum Züchter.

Der gute Mann erklärte uns lang und bereit, warum seine Zucht so besonders sei und wie wir mit einem Welpen umzugehen hätten.

Leicht gelangweilt schaute ich mich um und sah in einem kleinen Laufstall ein paar winzige Welpen schlafen und dazwischen ein weißes Fellknäul. Neugierig pirschte ich mich heran. Das weiße Bündel Fell regte sich. Eine schwarze Hundenase erschien und erschnüffelte mich. Dann riskierte das Bündelchen ein Auge. Vor Begeisterung konnte ich mich nicht halten: "Der hat ja giftgrüne Augen!"

Züchter und Ehemann traten zu mir. Inzwischen versuchte sich diese Handvoll Hund zu entknäulen, was ihm nicht gleich gelang. Die Ungeduld der Jugend packte ihn und er lief mit den Hinterpfoten zuerst los. Durch den Versuch, sich selber zu überholen gelang ihm ein eleganter Überschlag, der ihn dann in eine kullernde Kugelform verwandelte.

Mit dieser Nummer hätten wir auf Tournee gehen können!

Genau vor meinen Füßen rollte er aus, entfaltete sich wieder, sah mir in die Augen und...lachte. Das ist jetzt mein voller Ernst, er entblößte seine Zähnchen und lachte.

Den musste ich natürlich auf den Arm nehmen!

Wir waren sofort ein Team und das hat sich die folgenden16 Jahre nicht geändert.

Ich denke, ich muss nicht betonen, dass ich nicht mehr bis zu den Cocker Welpen kam.

Mein „**Robin**" war ein „Zuchtfehltritt" aus Bayern, aber der gute Züchter hat das ordnungsgemäß gemeldet und die kleinen Mischlinge nicht umgebracht.

An dieser Stelle einen herzlichen Dank dafür.

Robin hatte zwar keine Rasse, dafür hatte er Klasse!

****

"In den Augen meines Hundes liegt mein ganzes Glück,
all mein Inneres, Krankes,
Wundes heilt in seinem Blick."

Friederike Kempner (1828-1904),
dt. Dichterin

Martin Rütter, meine Hündin Ricky und ich

Als Hundenärrin habe ich mich ja schon geoutet und heute gestehe ich der Welt, dass ich ein Fan von Hundetrainer Martin Rütter bin. Das ist an sich ja nichts Ungewöhnliches. Aber, da ist meine Hündin Ricky....und die tickt irgendwie anders. „Ja, ja...", höre ich im Geiste Herrn Rütter sagen..."das meinen alle Hundebesitzer". Stimmt natürlich... und doch...

Zunächst einmal möchte ich festgehalten haben, dass meine Hündin absolut keine „Fernsehseherin" ist. Warum sollte sie auch? Nur, wenn die Trainingseinheiten mit Martin Rütter zu sehen sind, hockt sie gespannt neben mir auf der Couch und zusammen schauen wir die Sendung. Wir wollen ja noch was dazulernen. Wir? Nun, eher ich. Ich würde schon gerne wissen, wie Ricky so funktioniert. Wie ich sie besser verstehen kann ect. Ich brauche nur so etwas zu denken, dann streift mich bereits der nachdenkliche Blick meiner Hündin. „Bloß nicht!", scheint sie zu denken.

Wenn wir im Fernseher beobachten, wie eine wildgewordene Fuselbürste auf vier Pfoten bellend zur Haustür rennt und jeden Besucher anspringt (das heißt: anpöbelt, … haben wir bereits bei Herrn Rütter gelernt) dann schaut Ricky mich an und in ihren Augen lese ich: „Das mach ich nicht, das mach ich nicht, hab` ich noch nie gemacht!" Stimmt, gebe ich zu, das nicht, aber schauen wir erst mal weiter.

Und irgendwann kommt es dann! Immer mal wieder. Aus der Nummer kommt Ricky dann nicht mehr raus.

Da ist er, der Hund, der einfach nicht mehr abrufbar ist, wenn er einen Hasen, Katze oder sonst was Lebendiges sieht, das mit einem Fluchtreflex ausgestattet ist. Schon jagt der Hund hinterher, vergisst Herrchen, Frauchen und Hauptstraßen. Ich schaue Ricky an, sie schaut starr weiter auf den Bildschirm. Ich schupse sie leicht an. Keine Reaktion. Dann erzählt und zeigt Herr Rütter uns, wie wir trainieren müssen, um diesen Jagdinstinkt in die richtige Bahn zu leiten. Ricky schaut mich an, ich schaue stur auf den Bildschirm. Sie schuppst mich leicht an. Ich reagiere nicht. Seufzend legt sie sich hin. Das macht sie jedesmal bei ähnlicher Situation, da kann ich drauf warten. Ich finde das lustig. Ricky nicht.

Letzte Woche habe ich mir das ganze „Rütter-
programm" angeschaut, inklusive der Wieder-
holung seiner Bühnenshow. Als die Tourenda-
ten für die neue Show zu sehen waren, sagte
ich begeistert zu meinem Mann. „Oh, schau,
der Rütter kommt ganz in unsere Nähe, da
gehen wir hin."
Das war eindeutig zu viel für Ricky! Wie ein
Gummiball hoppste sie vor uns hin und her
und produzierte faszinierende Töne.
„Mecker nicht mit mir", sagte ich zu ihr,
„schreib` es an Martin Rütter."
Und das hat sie dann auch getan!

****

***"Freude an einem Hund haben Sie erst,
wenn Sie nicht versuchen,
aus ihm einen halben Menschen
zu machen.
Ziehen Sie stattdessen doch einmal die
Möglichkeit in Betracht,
selbst zu einem halben Hund zu werden."***

Edward Hoagland (1932 geboren),
USA-Schriftsteller

Ricky schreibt Herrn Rütter!

Lieber Herr Rütter,

letzte Woche fand ich mein Rudel versammelt auf dem Sofa vor. Alle schauten in die gleiche Richtung, das tat ich dann auch und sah Dich auf dem Bildschirm. Eigentlich sehe ich Dich recht gerne.

Ich finde es toll, wenn ich damit prahlen kann, wie artig Du mich finden würdest. Ich meine so im Gegensatz zu den Radautüten und denen, die nicht hören wollen. Bis letzte Woche fand ich Dich soweit ganz in Ordnung. Für jemanden ohne Fell, wohlgemerkt.

Ich meine, es war ja schon schlimm genug, als meine Rudelchefin Marie vor ein paar Wochen vom Zahnarzt kam, und mich bereits im Flur, mitten im Anlauf mit folgenden Worten voll ausgebremst hat:

„Im Wartezimmer habe ich gerade einen Artikel von Martin Rütter gelesen, *pöbel* mich also ja nicht an!"

Aber dann kam dieser Abend in der letzten Woche! Mein Rudel war schnell mit Dir einer

Meinung und ich konnte vor Entsetzen noch nicht mal mehr fiepend an der Terrassentür stehen! Das hätte wohl auch nichts mehr gebracht, an diesem Abend. Und dann, als ich dachte, wir hätten es überstanden, wird auch noch Deine Bühnenshow wiederholt! Schon ging es wieder los! Ich fass es nicht! Das ganze Rudel lag quer vor Begeisterung. Nun gut, ich muss zugeben, dass auch ich ein paarmal herzhaft lachen konnte. Aber, trotzdem fühle ich mich von Dir in die Pfanne gehauen.

Ich möchte hier mal ein paar Dinge klar stellen. Ich rase nicht zur Tür, wenn es klingelt, ich belle nicht im Garten rum, wenn Menschen oder Tiere am Grundstück vorbeigehen, ich kann Sitz und Platz machen sowie Pfote geben und noch vieler solcher Sachen machen, kann durch „Tunnels" laufen, Slalom um Stäbe herum sausen, über schmale Bretter rennen (die gegebenenfalls auch noch kippen) und auch so einige absolut unsinnige Dinge, die sich Menschen für Hunde ausgedacht haben.

Aber, ich weigere mich, Bälle oder Stöcke zurückzuholen, die meine Marie oder wer auch immer, vor meinen Augen weggeschmissen haben.

Sag´ selber, Herr Rütter, das ist doch nicht in Ordnung: Wer schmeißt, soll gefälligst auch wieder einsammeln!

Aber,… und jetzt kommt es,…wenn ich mal so ein kleines bisschen einem Hasen hinterher will, oder eine Katze zum Wettrennen animiere, ja, dann ist gleich der Teufel los.

„Das ist eben ein Jagdhund", sagt dann Frauchen, (interessant, sonst heißt es, ich sei ein Mischling). „Der gehört an die Leine!" Und schon kommst Du im Fernseh'n und sagst, wie's geht, damit ich das mit den Hasen und den Katzen lasse.

Weißt Du, mein Rudel ist sowieso interessanter als alles andere, dazu brauche ich keine Sonderstunden. Aber das mach jetzt mal bitte meiner Marie klar! Lass mich bloß nicht hängen! Ich rechne fest mit Dir und erwarte Dich in diesen Tagen. Wenn Du willst, komme ich auch kläffend zur Tür geschossen und mache „janz jroßet Ballett"

Bis dahin, ganz liebes Gebelle

Deine Ricky

****

"Vielleicht stünde es um die Welt besser, wenn die Menschen Maulkörbe und die Hunde Gesetze bekämen."

Georg Bernhard Shaw (1856-1950), irisch-brit. Dramatiker, Politiker, Satiriker, Musikkritiker, Pazifist, Nobelpreis für Literatur (1925)

Hunde sehen Farbe!

Wenn man der Tierfachwelt Glauben schenkt, dann weiß man, dass Hunde anscheinend keine Farben sehen können, nur verschiedene Grautöne. Ich selber weiche von dieser Meinung ab, und das aus gutem Grund. Mein Hund Robin besaß von klein an, einen blauen und einen roten Hundenapf. Der **blaue** Napf war für Wasser und der **rote** für Futter. Da ich ihn von ganz klein an hatte, konnte ich ihm von Anfang an beibringen, dass nur aus der Schüssel gefressen wurde, … nicht vom Bürgersteig, nicht aus der Hand von einem Menschen, es sei denn, dass ich dieser Mensch war. Das klappte gut und ich brauchte mir nie Sorgen zu machen, dass er sich aus Versehen vergiften würde, oder er einen diese hinterhältigen Köder mit darin versteckten Rasierklingen verschlänge.

Das war diese Geburtstagsfeier, zu meinem Dreißigsten. Da sollte „richtig" gefeiert werden, so hatten Familie und Freunde gegen meinen Willen beschlossen. Also, um diese Feier vorzubereiten, war meine Freundin Pamela mir zur Hilfe geeilt. Wir bereiteten Salate vor, Filetsteaks wurden gebraten, die es dann kalt mit meiner Spezialsoße geben würde. Ein wahrer Berg Bouletten wurde von uns produziert und alles ordentlich auf der Terrasse deponiert.

„Wird Robin denn nicht rangehen, wenn das so vor seiner Nase duftet?", fragte Pam. „Natürlich nicht, der Robin klaut nicht!", sagte ich darauf stolz, während ich gerade eine riesengroße Schüssel Kartoffelsalat produzierte, die ich dann zu den anderen Leckereien zum Abkühlen auf die Terrasse verfrachtete. Da der Tisch und alle Stühle schon besetzt waren, stellte ich die Schüssel auf die Erde.

Kurze Zeit später klingelte das Telefon. Ein Bekannter aus München gratulierte mir zum Geburtstag, und während wir so plaudern, schweifte mein Blick fröhlich über die Terrasse, um dann stracks zu erstarren!

Da stand der bestens erzogene Robin und... fraß meinen Kartoffelsalat aus der Schüssel. Mein Aufschrei ließ ihn nur verwundert aufblicken. Noch nicht mal ein schlechtes Gewissen hatte der Kerl, nein, er wollte in aller Ruhe weiterfressen. Schnell dämmerte mir der Grund. Der Kartoffelsalat befand sich in einer **roten** Plastikschüssel und stand auf dem Boden.

Für ihn war also alles gut und der Kartoffelsalat offensichtlich eine sehr angenehme Fut-

terergänzung, für mich der klare Beweis: **Hunde sehen Farben!** So!
Was mit dem Kartoffelsalat geschehen ist? Wir haben den oberen Teil abgeschöpft, jedem Gast die Wahrheit gesagt, und es blieb kein Fitzel übrig!

****

"Hunde sehen zu uns herauf.
Katzen sehen auf uns herab.
Schweine sehen uns als ebenbürtig an."

Winston Churchill (1874-1965),
brit. Staatsmann, Premierminister, Nobelpreis
für Literatur (1953)

9. Natur

Frühling, Sommer, Herbst und Winter?

Wer sagte doch noch mal, dass wir nur zwei Jahreszeiten haben, den Sommer und den Winter? Ach ja! Das waren die **Kelten**! Aber so ganz stimmt auch das nicht mehr.

Irgendwie haben wir nur noch schlechtes Wetter, jedenfalls, wenn ich den Menschen um mich herum so zuhöre. Haben sich die Jahreszeiten aufgehoben oder sind sie verrutscht?

Dem einen ist es zu kalt für die Jahreszeit, dem anderen viel zu heiß. Dann wieder regnet es zu viel und doch zu wenig. In einem aber sind sie sich alle einig. Früher war es besser. Früher hatten wir noch richtige Jahreszeiten.

Im Frühling stiegen die Temperaturen sachte an, die Natur erwachte. Es grünte und blühte überall. Ja, genauso habe ich auch den letzten Frühling in Erinnerung.

Nun zum Sommer.

Früher war es von Juli bis September schön warm, die Sonne schien durchgehen, jeden

Tag konnten wir draußen sein. Das glaube ich nicht! Niemals! Ich bin ein bisschen Landkind und weiß genau, dass ohne Regen nichts gedeiht.

Der Herbst präsentiert sich jedes Jahr schön bunt. Oft mit Stürmen und Regen begleitet. Es ist die große Erntezeit gekommen...auf dem Lande. In der Stadt genießt man die letzten warmen Sonnenstrahlen bei einem Cappuccino in einem Straßenkaffee. Täglich, oder besser gesagt, nächtlich nehmen die Temperaturen ab.

Mal dauert der Herbst länger, mal kürzer. Manchmal kommt der Winter über Nacht.

Auch das kann ich bestätigen.

Der Winter läßt Kinderaugen strahlend den Schneeflocken zuschauen, während die Erwachsenen eher die Augen genervt verdrehen. Jetzt geht das schon wieder los. Schneeschippen, Auto frei kratzen, aufpassen, dass man Mütze, Schal und Handschuhe nicht irgendwo liegen läßt und nicht mehr weiß, wo. Streß ohne Ende. Zu allem Übel stehen dann auch noch die Feiertage zum Jahresende vor der Tür.

Schon als Kind hat es mich verwundert, dass Schnee und Weihnachten immer als „überraschend da" wahrgenommen wurden. Bis heute finde ich die Nachricht im Funk und Fernseh`n lustig, wenn es heißt: „Der Winterdienst wurde von den Schneefällen völlig überrascht." Und das passiert denen jedes Jahr! Erklären Sie diese Nachricht mal ihren Kindern. Nicht so einfach, das können Sie mir glauben. Auch der Winter ist also wie immer. Wenn es regnet, ist es nicht gut, wenn es schneit auch nicht. Kurz, es hat sich nichts geändert. Weder das Wetter, noch die Menschen. Erderwärmung hin oder her, bis jetzt haben wir immer noch vier Jahreszeiten die regelmäßig stattfinden und der nächste Winter bringt uns ganz bestimmt wieder überraschenden Schneefall und plötzliche Weihnachten!

****

„Ohne die Kälte des Winters gäbe es die Wärme des Frühlings nicht."

Ho Chi Minh (1890-1969),
vietn. Revolutionär, Politiker: Premierminister (1945–1955), Präsident (1955–1969) der Demokratischen Republik Vietnam

Es gibt kein schlechtes Wetter
....nur unzweckmäßige Kleidung.

Ja, ich kenne den Spruch und doch... es gibt es, das wirklich, richtig schlechte Wetter!!! Heute ist Sonntag, 24. Juni 2012, und draußen herrschen Dauerregen und unfreundliche 15°C. Wenn das kein schlechtes Wetter ist, na, ich weiß ja nicht.

Ich gehöre wirklich nicht zu den Menschen, die über das Wetter jammern, egal ob es regnet oder die Sonne scheint. Normalerweise hat das Wetter nicht den geringsten Einfluss auf meine Laune oder meine Freizeitaktivitäten.

Normalerweise!

Eingemummelt zogen wir gegen Mittag mit unserer Hündin über die Felder. Es war nicht das, was ich mir unter einem entspannten Spaziergang im Juni vorstelle. Der Wind war heftig, kam in Böen und war fast schon ein kleiner Sturm. Herbststürme? Oh, die liebe ich, aber bitte im Herbst, wo sie hingehören.

Wenigstens hatte unsere Hündin ihren Spaß. Gut gelaunt und albern hopste sie durch die Gegend. Könnte sie reden, was sie zum Glück nicht kann, hätte sie gefragt: „Schlechtes Wetter?... wo denn"?

Meine Laune passte sich schnell dem Wetter an. Konnte gar nichts dafür. Jeder Blick aus dem Fenster ließ mich den Sommer vermissen. Dieser soll ja noch kommen. Jawohl, am Freitag. Das haben uns die Meteorologen versprochen.

Wie die Tropfen so gegen das Fenster schlagen, möchte ich dem Wetterbericht unbedingt glauben. Das wären ja nur noch ein paar Tage „durchhalten". Das schaff ich, bin mir sicher.

Und was mache ich bis dahin?

Vielleicht sollte ich diesen verregneten Sonntagnachmittag einfach genießen. Ich könnte mich bequem auf der Couch in eine Decke hüllen, ein gutes Buch lesen, vorher noch einen Tee kochen...Halt! Das ist mein Herbstprogramm, so geht das nicht. Aber es ist doch Sonntag! Da macht man doch was Schönes, wenn man schon nicht arbeiten muss!

Irgendwann war mir das dann auch noch egal. Ich schnappte mir den Staubsauger und fing mit Hausarbeit an. Was erledigt ist, ist erledigt.

Vielleicht irren die Meteorologen sich ja wieder und der Sommer fängt schon morgen an.
Was hat schon der kleine Prinz von Antoine de Saint–Exupéry erkannt: ...man kann nie wissen...

****

„Kräht der Hahn auf dem Mist
ändert sich's Wetter
- oder's bleibt wie es ist."

Volksweisheit

Herbst-Erlebnis

 Es war einer dieser nassen Herbststage. Der Himmel hing voller dicker dunkler Wolken und es regnete in Strippen. Ab Mittag schaute meine Hündin Rickel alle paar Minuten aus dem Fenster. Sie wollte spazieren gehen, ahnte wohl, dass Frauchen, also ich, einen einigermaßen trockenen Moment abwarten wollte. Der kam dann kurz nach zwölf und wir beide zogen in die Natur hinaus.

Gleich hinter dem Haus, nur den Berg hoch, kommt man auf's offene Feld und hat nicht nur einen wunderschönen Ausblick nach allen Seiten ... auf Dörfer, Felder und Wiesen, nein, man ist auch völlig ungeschützt vor Wind und dergleichen. Dergleichen erwischte uns dann auch voll.

Ein Wolkenbruch, wie ich ihn noch nie erlebt habe, jedenfalls kann ich mich nicht erinnern, ließ wahre Wasserfälle auf uns nieder klatschen. Im Nu waren wir völlig durchnäßt. Trotz guter Regenbekleidung war kein Faden trocken geblieben. Rickel und ich schauten uns an und beschlossen, unsere Runde gemütlich weiter zu laufen. War jetzt ja sowieso egal.

Als wir nach gut zwanzig Minuten die Straße erreichten, die bergab ins Dorf zurückführte, bestand diese aus einem knöchelhohen Bach, der wieselflink dem Tal entgegen strebte. Wir strebten fröhlich mit. Das Ganze hatte eine komödienhafte Note erreicht. Sowohl Rickel, als auch ich hoppsten albern durch die Fluten.

Im Dorf angelangt führt uns der Weg an der hiesigen freiwilligen Feuerwehr vorbei, die heute im Einsatz war, um vollgelaufene Keller und abgesoffene Straßen zu retten.

Die Feuerwehrleute standen an den Fenstern und schauten dem nicht alltäglichen Wasserspiel der Natur zu. Als sie uns erblickten, konnten sie sich das Lachen nicht verkneifen. Ja, ja, wer den Schaden hat, spottet jeder Beschreibung…, ich weiß.

Aber, gut gelaunt und albern, wie wir gerade drauf waren, ergab sich eine Pantomime von mir zu den mit Feuerwehrleuten besetzten Fenstern und zurück.

Durch das wirklich laute Rauschen des Regens hörte ich nicht, dass ein Auto um die Ecke bog, und das mit erheblicher, dem Wetter wirklich nicht angepasster Geschwindigkeit. Die Feuerwehrleute sahen, was kam…, wir nicht!

Während ich noch faxen machte, raste das Auto an uns vorbei und eine echte Wasserwelle brach über Rickel und mir zusammen.

An den Fenstern bogen sich die Leutchen. Einer presste sich verzweifelt gegen das Fenster, um vor Lachen nicht umzufallen.

Ehrlich, wenn wir noch einen trockenen Faden am Körper gehabt hätten,... hatten wir aber nicht.

Das Abenteuer, wie ich aus den, mir am Körper klebenden Jeans herausgekommen bin, behalte ich für mich. Der geneigte Leser kann sich das mit Sicherheit vorstellen!

Am Abend drückte Rickel sich, inzwischen natürlich wieder trocken, auf der Couch fest an mich. Genüßlich schnupperte sie meine Haare ab und ich ihr Fell. Beide rochen wir gut, nach frischer Natur, nach Herbst und nach ein bisschen Abenteuer.

****

„Es ist der Liebe milde Zeit."

Georg Trakl (1887-1914),
österr. Dichter

10. Ereignisse

Alles Gute zum Geburtstag

 Jetzt ist es also wieder soweit. Ich kann es nicht verhindern, kann gar nichts dage-gen tun! Mein Geburtstag steht vor der Tür.

Nicht, dass das schlimm wäre, oder ich nicht älter werden will. Nein, das ist es nicht. Es ist nur so, dass ich mit Geburtstagen im Allge-meinen und dem Meinigen im Besonderen nichts anfangen kann.

Ich meine, was ist das denn, der Geburtstag? Einerseits eine Zahl im Personalausweis, aber kein Verfallsdatum, andererseits habe ich zu meinem Geburtstag ja nicht bewusst etwas beigetragen.

Nun gut, die Fachwelt sagt, dass die Geburt für ein Baby ein unbeschreiblicher Kraftakt sei. Das mag stimmen, nur, ich kann mich wirklich nicht daran erinnern. Meine Mutter sehr wohl. Für sie war es ja auch ein Kraftakt. Wäre es da nicht logisch, wenn wir die Mütter feiern? Wenn wir ihnen ein Geschenk machen, statt sie uns?

Meine Freunde und Bekannten finden die Idee zwar schön, aber gefeiert werden muss doch. Das geht ja gar nicht anders. Schließlich waren wir doch auch zu Pamelas Geburtstag eingeladen und bei Melli und Chris waren wir auch.....die Liste nimmt für mich kein Ende.

Pam versucht, mir gut zuzureden:

„Das soll doch ein richtig schöner Tag für Dich sein. Ich habe auch schon ein tolles Geschenk für Dich!"

Danke, das habe ich gerade noch gebraucht. Emotionaler Druck und keine Ahnung mehr, wie ich aus dieser Nummer herauskomme.

Ich habe zwar Geburtstag, aber es soll doch für die Familie, Freunde und gute Bekannte ein schöner Tag werden. Habe ich das jetzt richtig verstanden?

Das bedeutet aber, dass ich schon Tage vorher in Streß gerate. Planen, Tischordnung, Listen schreiben, wer isst und trinkt was...das ist heute nicht mehr so leicht. Der Eine ist Vegetarier, der Andere hat eine Nußallergie oder eine Lactoseüberempfindlichkeit usw. Da wird der Einkauf schnell zum abenteuerlichen und zeitraubenden Slalom durch mindestens vier Geschäfte.

Was soll ich bloß machen? Wenn ich keine Feier organisiere, sind bestimmt einige beleidigt. Wenn ich feiere, bin ich beleidigt...na ja, nicht wirklich, aber...ich will doch nicht!

Ich mag sie alle, die Familie, die Freunde...wirklich und ich feiere auch gerne mit ihnen und ich stelle mich für sie gerne mal ein bis zwei Tage in die Küche. Aber bitte dann, wenn ich will, wenn die Lust und Zeit dazu da sind und nicht nur, weil es da ein Datum gibt, an dem ich verpflichtet sein soll, gute Laune zu haben und strahlend meine Gäste zu empfangen!

Eine kleine, ganz einfache Frage brachte die Lösung.

„Was möchtest du denn an deinem Geburtstag machen?", fragte mich mein Mann.

Da brauchte ich nicht lange zu überlegen.

„Am liebsten mit Dir und Rickel (unser Hund) ein paar Tage nach Berlin fahren."

Mein Mann schenkt mir drei Tage Berlin, wir sind an meinem Geburtstag nicht zu Hause!

Das hat mir keiner übelgenommen, alle freuten sich für mich. Und feiern, nun, das machen wir doch sowieso immer mal zwischendurch, das muss doch nicht zum Geburtstag sein.

Danke Freunde! Das war das schönste Geburtstagsgeschenk, das ihr mir machen konntet!

Bilderverzeichnis:

Titelbild:
Foto: http://metrodorus.tumblr.com
Geschichten, die das Leben schreibt.
www.picturesdepot.com
Es war einmal vor vielen Jahren
Foto: Marie Péporté
Jeder fängt mal klein an
Kozzi Inc.; www.kozzi.com
Held und Schutzengel
Kozzi Inc.; www.kozzi.com
Pamela plant!
Kozzi Inc.; www.kozzi.com
Pamela liest Feng Shui!
Kozzi Inc.; www.kozzi.com
„Die Stille ist so laut!"
Kozzi Inc.; www.kozzi.com
Ich will eine Pizza!
Kozzi Inc.; www.kozzi.com
Überraschende Meisterprüfung
Kozzi Inc.; www.kozzi.com
Wer nicht mit der Zeit geht …
Kozzi Inc.; www.kozzi.com
Vater geht zum HNO
Kozzi Inc.; www.kozzi.com
Wie Milch und Schokolade
Kozzi Inc.; www.kozzi.com
Die Ohrfeige als Lebenslektion
Kozzi Inc.; www.kozzi.com
An Tagen, wie diesen

Kozzi Inc.; www.kozzi.com
Hypnotherapeut im Härtetest
Illustrator: Yulia Gapeenko; http://de.123rf.com
Aber, Rom ist schön
www.clker.com
Berlin Kreuzberg
Illustrationen: Marc Herold; aus: fluter (Nr. 20)
„Es nutzt ja nüscht"
Kozzi Inc.; www.kozzi.com
Wenn man Liebe lebt!
Foto: Michael Biehler; http://de.123rf.com
Ich war doch schon in Wien
Foto: Guillermo;
http://de.wikipedia.org/wiki/Wien
WG in Schräglage
www.smileysymbol.com
Die überraschende Begnadigung.
www.graphicshunt.com
Hengst Paul und die Stuten
Foto: Marie Péporté
Rettet die Hühner
www.gnadenhof-erzbach.de/huehner.htm
Hunde sehen Farbe
www.graphicshunt.com
Wahre Freunde sind IMMER treu
Filmplakat und DVD Filmszene; TAMINGO
Media Publishing
Ein Pudel Namens Brändy
Kozzi Inc.; www.kozzi.com
Von Hunden und ihren Menschen
Foto: Marie Péporté

Martin Rütter, meine Hündin Ricky und ich.
Foto: Martin Rütter
Ricky schreibt Herrn Rütter!
Foto: Marie Péporté
Frühling, Sommer, Herbst und Winter?
www.abcteach.com
Es gibt kein schlechtes Wetter
Kozzi Inc.; www.kozzi.com
Herbst-Erlebnis
Kozzi Inc.; www.kozzi.com
Alles Gute zum Geburtstag
www.picturesdepot.com

Über tredition

Der tredition Verlag wurde 2006 in Hamburg gegründet. Seitdem hat tredition Hunderte von Büchern veröffentlicht. Autoren können in wenigen leichten Schritten print-Books, e-Books und audio-Books publizieren. Der Verlag hat das Ziel, die beste und fairste Veröffentlichungsmöglichkeit für Autoren zu bieten.

tredition wurde mit der Erkenntnis gegründet, dass nur etwa jedes 200. bei Verlagen eingereichte Manuskript veröffentlicht wird. Dabei hat jedes Buch seinen Markt, also seine Leser. tredition sorgt dafür, dass für jedes Buch die Leserschaft auch erreicht wird

Autoren können das einzigartige Literatur-Netzwerk von tredition nutzen. Hier bieten zahlreiche Literatur-Partner (das sind Lektoren, Übersetzer, Hörbuchsprecher und Illustratoren) ihre Dienstleistung an, um Manuskripte zu verbessern oder die Vielfalt zu erhöhen. Autoren vereinbaren unabhängig von tredition mit Literatur-Partnern die Konditionen ihrer Zusammenarbeit und können gemeinsam am Erfolg des Buches partizipieren.

Das gesamte Verlagsprogramm von tredition ist bei allen stationären Buchhandlungen und Online-Buchhändlern wie z. B. Amazon erhältlich. e-Books stehen bei den führenden Online-Portalen (z. B. iBookstore von Apple) zum Verkauf.

Seit 2009 bietet tredition sein Verlagskonzept auch als sogenanntes "White-Label" an. Das bedeutet, dass andere Personen oder Institutionen risikofrei und unkompliziert selbst zum Herausgeber von Büchern und Buchreihen unter eigener Marke werden können.

Mittlerweile zählen zahlreiche renommierte Unternehmen, Zeitschriften-, Zeitungs- und Buchverlage, Universitäten, Forschungseinrichtungen, Unternehmensberatungen zu den Kunden von tredition. Unter www.tredition-corporate.de bietet tredition vielfältige weitere Verlagsleistungen speziell für Geschäftskunden an.

tredition wurde mit mehreren Innovationspreisen ausgezeichnet, u. a. Webfuture Award und Innovationspreis der Buch-Digitale.

tredition ist Mitglied im Börsenverein des Deutschen Buchhandels.

Zeitfracht Medien GmbH
Ferdinand-Jühlke-Straße 7
99095 Erfurt, Deutschland
produktsicherheit@kolibri360.de